劣等眼の転生魔術師
～虐げられた元勇者は未来の世界を余裕で生き抜く～
vol. 7
柑橘ゆすら
illustration
ミユキルリア
JN043391

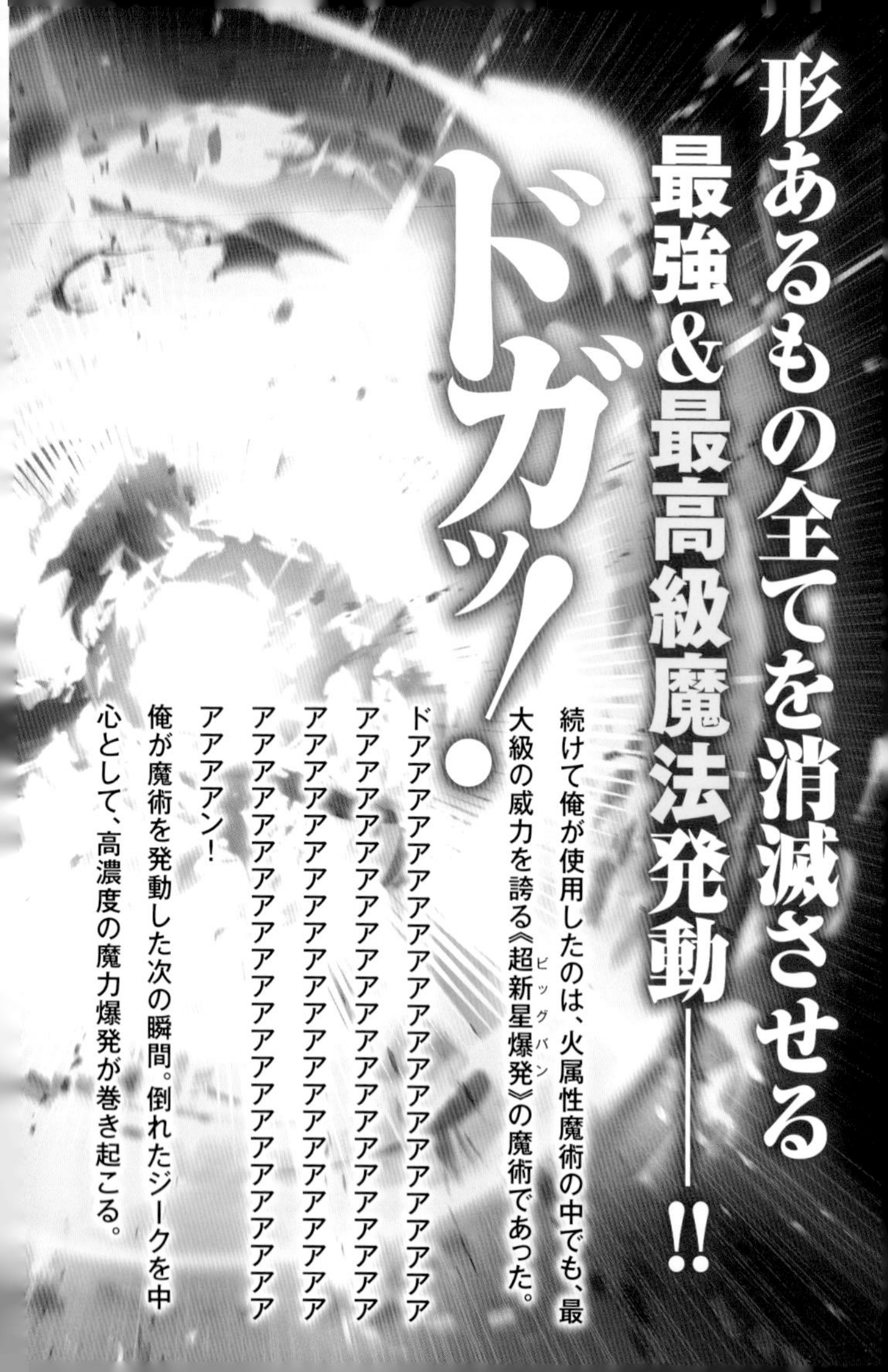

形あるもの全てを消滅させる最強＆最高級魔法発動——！！

ドガッ！・

続けて俺が使用したのは、火属性魔術の中でも、最大級の威力を誇る《超新星爆発》の魔術であった。

ドアアアン！

俺が魔術を発動した次の瞬間。倒れたジークを中心として、高濃度の魔力爆発が巻き起こる。

「超新星爆発！」
アベル
200年前の世界から転生した、
最強の瞳『琥珀眼』を持つ
天才魔術師。

CONTENTS

The reincarnation
magician of
the inferior eyes.

ダッシュエックス文庫

劣等眼の転生魔術師7

～虐げられた元勇者は未来の世界を余裕で生き抜く～

柑橘ゆすら

プロローグ
PROLOGUE

いつもの日常

The reincarnation magician of the inferior eyes.

俺こと、アベルは二〇〇年前から転生してきた魔術師である。

以前に暮らしていた世界では、俺の琥珀《こはく》色の目は差別の象徴だった。

そんな時代に辟易《へきえき》した俺は、理想の世界を求めて二〇〇年先の未来に転生した。

さて。転生後の生活は、概《おおむ》ね、平和だ。

ひょんなことから国内有数の魔術学校、アースリア魔術学園に通うことになった俺は、今日も今日とて代わり映えのない日常を送っている。

「即《すなわ》ち、灰眼・黒眼系統の魔術というのは、従来の属性魔術とは異なる特殊な性質を持つことになる。これらの魔術は使い手も非常に少なく、現代魔術の中でもその重要性は高まっており――」

教壇《きょうだん》に上って、抑揚《よくよう》のない口調で授業をしているのは、団子鼻《だんごばな》の教師である。

団子鼻の教師は、俺たちの都合などおかまいなしに早口で授業を進めている。

クラスメイトはその速度に追いつこうと必死で、私語の一つもなく大慌てでノートを取っている。

ふう。

いつになっても慣れないな。この退屈でレベルの低い授業というのは。

「クソッ！　この人の授業スピード、相変わらず早すぎだろ！」

「ああ。だが、この授業レベルの高さこそが、高貴なるアースリア魔術学園がエリートの集まりだという証《あかし》とも言えるぜ」

ふむ。授業をする教師も大概《たいがい》であるが、生徒も生徒だな。

この、早口で、生徒たちを振り落とすことしか考えていないような授業を未だにハイレベルなものだと勘違いしているようである。

以前までの俺であれば、『やれやれ』と溜息の一つでも吐きたくなっていただろう。

だが、今の俺には都合の良い『暇潰しの道具』があるからな。

無駄に感情を乱さずにすむというわけである。

「おい。見ろよ。アベルのやつ、また、妙な本を読んでやがるぜ」

「嘘だろ……！　あの厚さ……！　何ページあるんだよ……!?」

クラスの連中が何やら俺の方を見て騒ぎ立てているようだ。

今現在、俺が何をしているのかというと、エマーソンから出された課題を解いているところであったのだ。

『ふふふ。アベルくんの貴重な時間をあのゴミのような授業に費《つい》やすのは、人類にとっての損失だからね。特別にボクが課題を出しておいてあげるよ』

ふうむ。エマーソンのやつも、たまには、役に立つことをしてくれるのだな。

色々と事情があって、俺はエマーソンから『現代魔術』について教えを乞《こ》う立場になっていた。

あまり認めたくはないことだが、こと『魔道具の開発分野』において俺は、エマーソンに劣っていると言わざるを得ないからな。

効率的に『現代魔術』について学ぶことを考えるのであれば、暫《しばら》くは、あの男から知識を吸収していくのが理に適《かな》った方法だと判断したのだ。

「ぐぬっ。ぐぬぬぬぬ！」


単独行動を取る俺の姿を目《ま》の当たりにした団子鼻の教師は、悔《くや》しそうに臍《ほぞ》を噬《か》んでいる。

おそらく、エマーソンが俺の自習を注意できないよう裏で手を回していたのだろう。

今にも注意をしてきそうな雰囲気《ふんいき》だが、グッと堪えているようだな。

怒り狂った形相《ぎょうそう》で団子鼻は、黒板の中に魔術式を書き殴《なぐ》っていく。


「ペイアテンション！　プリーズ！　ミスターアベル！　この問題、解いてみせよ！」


なるほど。

直接的な注意ができないので、回りくどい方法を取ってきたようだな。

この問題、授業で学習している範囲の内容ではないようだな。

事前に学園のカリキュラムは、ある程度把握《はあく》している。

俺の記憶が正しければ、たしか、この内容は五年生の内容、つまりは最上級生の学習範囲だったはずである。

「なぁ。お前、あの魔法式の意味、理解できるか？」
「いや……。まったく……。何がなんだか分からねえ……」

クラスの連中も問題の難易度に気付いて、戦慄しているようであった。

「ミスターアベル！　エマーソン教授は、キミを特別扱いしているみたいだが、ワタシは決してキミを認めていないよ！　キミのような下等庶民《しょみん》は、神聖なるアースリア魔術学園に相応《ふさわ》しい生徒とは言えないからね！」

ふうむ。やはりエマーソンから許可をもらって自習していることを煙たがっていたようだな。
あの男、権力はあっても、人望というものは、まるでないみたいである。

「ふっ……。キミは教師に対しての礼節が少し欠けているようだ。このワタシが、直々に貴族の矜持《ノブレス・オブリージュ》を教育してあげよう」

やれやれ。まさか、この教師、俺がこの程度の問題も解くことができないと侮《あなど》っているのだろうか。

一周回って、新鮮な気分である。

最近では俺のことを『平民』と呼んで蔑《さげす》むような輩《やから》も、すっかりと数を減らしていたからな。

仕方がない。

面倒ではあるが、今はこの茶番劇に付き合ってやることにするか。


「これでいいですか。ティーチャー」

「グッ……」


チョークのついた手を払いながら即答してやると、団子鼻の教師が悔しそうに口を噤《つぐ》んでいた。


「あとここ。問題文にも、少し、矛盾《むじゅん》があったので、修正しておきましたよ。ティーチャー。随分《ずいぶん》と先取りした授業内容ですが、少し予習が足りていなかったようですね」

「ハワッ……！」


ダメ押しに問題点を指摘してやると、団子鼻の教師は動揺《どうよう》して、顔色を青くしているようであった。

ふむ。

我ながら少し『やりすぎ』のような気もするが、これくらい強く言っておけば、俺に対する嫌がらせも減ることだろう。

快適な学園生活を送るためには、多少の犠牲《ぎせい》はつきものなのだ。


「畜生《ちくしょう》！　どうしてアイツは、いつも完璧《かんぺき》なんだ！」

「やめておけ。アイツは特別なんだよ。自分と比べるのは時間の無駄だぜ」


ふむ。

出会った当初は『劣等眼』と蔑んで、頑《かた》なに俺のことを認めようとしなかったクラスメイトたちも、随分と態度が変わってきたみたいだな。

ふと窓ガラスから外の景色に目を向ける。

それもそうか。

俺が春に学園に入学をして、夏を経て、秋が過ぎた。

入学した頃には、花を咲かせていた桜の木も全ての葉を落として、もの寂し気な雰囲気を醸《かも》し出していた。

この学園に入学してから、そろそろ一年の時が経過している。

これだけ時間が経過すれば、人間関係も変化していくのだろう。

「ねぇ！　あれ見て！」

クラスメイトの誰かが窓ガラスの方を向いて叫んだ。

「うおっ！　雪だ！　雪っスよおおおおお！」
「めちゃくちゃ降っているじゃねーか！」

やれやれ。
貴族の子息とはいっても、ここにいるのは十代前半の子供たちだったな。
雪を目の当たりにした生徒たちは、大騒ぎをしているようであった。

「ビークワイエット！　プリーズ！　生徒諸君！　授業に集中するように！」

教室の中に教師の怒号が響く。
こうして俺にとっての何気ない日常は、刻々と時を刻んでいくのだった。

第二話

EPISODE 001

もうすぐクリスマス

The reincarnation magician of the inferior eyes.

それから。

つつがなく授業が終わって、昼休みの時間となった。


「師匠《ししょう》――！　授業お疲れ様ッス！」


授業が終わり昼休みになると、見覚えのある男が声をかけてくる。

コイツの名前はテッドという。

焦げた飴《あめ》色の金髪と筋肉質な体つきが特徴的な男である。

ちなみに俺は、テッドのことを弟子にしたつもりは毛頭ない。

何の因果《いんが》か幼少期にコイツのことを助けて以降、『師匠』と呼ばれて、付き纏《まと》われるハメになってしまったのである。

「お前、その頭……」

そこで俺はテッドの外見を見て違和感に気付く。

「すっかり元に戻ったんだな」

このところテッドのヘアスタイルは、コロコロと変化が激しい。
異性の目線を意識して珍妙な髪型（俺はこの状態をアフロテッドと心の中で呼んでいた）にしたかと思えば、バースの肉体を治療するために丸坊主《まるぼうず》になったりもした。
結局、今は元通りの短髪に戻ったみたいである。

「ふふ。オレ、気付いたんスよ。やっぱり、男は『外見』じゃないッス。ハートを磨《みが》くことこそが、モテへの最短ルートだってね！」
「そうか……。それは何よりだな」

実際のところは、そこまで単純な話ではないのだろう。
外見というのは、内面の一番外側を表すものでもあるのだ。

この部分が洗練されていないことには、肝心《かんじん》のハートの部分を見てもらうことも難しそうだ。

テッドが異性人気を獲得するには、もう暫《しばら》く時間がかかるかもしれないな。


「んじゃ、さっそく、いつメンで学食《メシ》行きましょう！」


アースリア魔術学園において昼食を確保する方法は二種類ある。

それ即《すなわ》ち、学食で買うか、購買部で買うかである。

全寮制のこの学園は、自分で作った弁当を持ち込んだりすることが難しいのだ。

ちなみに『いつメン』とは『いつものメンツ』の意味であり、この時代で使われている『若者言葉』の一つのようだ。


「ふぃー。今日も疲れたなぁ。さて。メシだ。メシ」


テッドに続いて俺に声をかけてきたのは、ザイルという男である。

この男は修学旅行の時、同じ部屋で寝泊まりして以来、時々、会話するようになったクラスメイトである。

「ああ。今日は学食の優先日だったか。構わないぞ」

この学園の食堂は、総勢一〇〇〇名を超える生徒たちを受け入れるだけのキャパシティーは存在していない。

その為、学年ごとに優先的に利用できる日が指定されているのである。

今日は週に一度の一年生が優先的に使用できる日ということもあって、既にクラスメイトたちは学食に向かっているようであった。

「なぁ。ところでアベルは、最近クエストを受けているのか？」

学食に移動して食事をとっていると、ザイルが何かを思い出したかのように呟《つぶや》いた。

「いや。秋のクエストで、まとまったお金を得たからな。暫《しばら》くは受ける気はないぞ。資金繰りには余裕がある」

俺の手元には、エドガーという悪質な店主の店で買い取った魔道具の転売益が潤沢にプールされている。

高価なものを購入することはできずとも、当面の生活費くらいであれば問題なく捻出《ねんしゅつ》することができそうだ。

「ふっ……。アベル。お前ってやつは、やはり何も分かっちゃいねぇぜ」

何故だろう。

素直に現状を伝えてやるとザイルは、呆《あき》れたように言葉を返してきた。

「冬っていうのは何かと金がかかるからな。今のうちからクエストで金を貯めておいた方がいいぜ！」

はて。冬というと、何か特別なイベントでもあるのだろうか。

どちらかというと、寒いと家にいる時間が長くなる分、金を使う機会は減っていくという認識だったのだけどな。

「たしかに。ザイルさんの言葉にも一理あるっスね！」

一緒にいたテッドも、珍しく同調しているようであった。

「ローストチキン、肉まん、鍋《なべ》、シチュー、ケーキ。冬は美味《おい》しい料理が多すぎるッス。軍資金はいくらあっても足りないッスよ！」

相変わらず、能天気なやつだな。

テッドの場合、秋にも『食欲の秋』と言って食べ歩いていたので、特に季節は関係ないと思うぞ。

「バカ。ちげーよ。女だよ！　女だ！　ここは普通、クリスマスにプレゼントを贈る女について語るべきところだろうがよ！」

ふうむ。そういう意味での発言だったのか。

そうだ。思い出した。

どうやら、この二〇〇年後の世界では、クリスマスにプレゼントを贈り合う文化が定着しているらしいのだ。

俺にとっては馴染《なじ》みのないイベントだったので、今の今まで、すっかりと忘れていた。

『ふふふ。メリークリスマスですよ。アベル様』

むう。そういえば去年は、リリスからプレゼントをもらったことがあったな。

たしか手編みのセーターだったか。

去年は『そういうイベントの存在は知らなかった』ということで、特に俺からプレゼントを返すことはしなかったが、今年は流石《さすが》に何かしら返す必要があるのかもしれないな。

「またまたー。師匠《ししょう》くらい女子にモテれば、考える必要があるかもしれないッスけど……。ザイルさんには縁のない話じゃないッスか！」

「ふっ……。テッドよ。オレのことを舐《な》めてもらっちゃ困るぜ。もういるぜ。プレゼントを渡す相手だろ」

「…………!?」

俺の思い過ごしだろうか。

ザイルの言葉を受けたテッドは、あからさまに動揺《どうよう》しているようであった。

「んなっ！　自分たち『モテない男同盟』の絆《きずな》は永遠じゃなかったんスか⁉」

『モテない男同盟』とはテッド、ザイル、俺の三人で結成した（？）グループのことだ。

結成日、活動内容など、詳しい事情は一切、分かっていない。

だがしかし。

ただ一つ、確実に言えることは、この同盟、割と頻繁《ひんぱん》に絆が崩壊するようである。

「悪いな。テッド。オレは既に『こっち側』の人間だ」

得意気な表情を浮かべたザイルは、俺の隣の席に座ってくる。

相変わらず、馴《な》れ馴《な》れしい奴だ。

テッドも、ザイルも、メンタルの図太さにかけては、一流の魔術師に引けを取らないものがあるな。

「ガーン。もしかして、クリボッチなのって自分だけなんスか⁉」

ちなみに、テッドの言うクリボッチというのは、この時代の若者言葉で、クリスマスに独りぼっちでいることとみたいだ。

なんともレベルの低い会話である。

だが、まあ、クリスマスか。

これに関してはオレも、何かしらのプレゼントを用意することを考えておくべきなのかもしれないな。

最近の、お気に入りのメニューである、きつねそばを啜《すす》りながら俺は、そんなことを考えるのであった。


～～～～～～～～～～～～～～～


一方、その頃。

アベルたちが食堂で昼食をとっているのと同時刻である。

ここは、アベルたちの住んでいる『王都ミッドガルド』から遥《はる》か東南に二〇〇〇キロメートル以上、離れた場所にあるオストラ諸島である。

この島は、ごくごく最近まで魔族が人間たちを支配している、数少ない地域であった。

数百年に渡り、魔族たちが統治してきたこの地域は、原住民である人間たちと魔族の間で争いが絶えることがない。

強力な魔族たちが蔓延《まんえん》、現代において、数少ない場所として知られていた。

「ここが魔王城ですか。長らく利用していなかった割には、保存状態は良好そうですね」

そんな遠方の地に一組の男女がいた。

そのうちの一人、女の名前はアヤネといった。

二〇〇年前にアベルが所属していた魔術結社《宵闇の骸《カオス・レイド》》に所属していた魔術師だ。

人懐っこい性格をしていたアヤネであるが、現代に生きるアヤネは冷酷《れいこく》でいて、氷のように冷たい目をしていた。

「ふふ。当然さ。この地の魔族は、『魔王城』の保全に尽力していたからね。彼らにとって、ここは特別な場。魔族全盛時代の『過去の栄光』の象徴なのだろうね」

アヤネの言葉を受けて、返事をする男の名前はカインという。

二〇〇年前に《灰の勇者》と呼ばれて《偉大なる四賢人》の一人として数えられていた人物だ。

灰眼属性の魔術を得意とするカインは、《偉大なる四賢人》の中で唯一、アベルと肩を並べる力を持った人物と称されていた。

今現在、二人は長きに渡りオストラ諸島に長らく封印されていた『魔王城』の探索を始めていた。

「カイン様。何か悪巧《わるだく》みをされているのではないでしょうか」

付き合いが長いアヤネは、カインの表情がいつもよりも上機嫌なことに気付いていた。

この少年は、悪巧みをしている時は表情が緩《ゆる》むことが多いのだ。

「ふふふ。やっぱり、アヤネには敵《かな》わないね。実を言うとジークの封印を解いてやろうと思うんだ」

「…………!?」

ジークという魔族の名前には、聞き覚えがあった。

かつて世界をあまねく統《す》べた《黄昏《たそがれ》の魔王》の配下の魔族の中で、最強の名を恣《ほしいまま》にしていた魔族であった。

「ジークは二〇〇年前、ボクたち勇者パーティーが唯一『倒すことのできなかった魔族』だからね。アベル先輩も、きっと再会を喜んでくれると思うんだ」

「……いいのですか？　カイン様はアベル先輩と戦いたかったのですよね」


仮にジークの封印を解くことになれば、怒り狂ったジークは、真っ先にアベルを殺しに向かうことになるだろう。

ジークはアベルに対して、底知れない怨嗟《えんさ》の感情を抱いていた。

なぜなら、この魔族を封印したのは、他でもないアベルだったのだ。

暗闇の中に二〇〇年もの間、閉じ込められたジークがアベルに対して、並々ならぬ殺意を抱いているはずである。

「ふふふ。ボクたちの再会は二〇〇年振りになるんだよ。豪華な同窓会《パーティー》には、何かしらの『前座』が必要だろう？」

今のアベルの実力を図るには、ジークとの再会は格好の機会となるだろう。

中途半端な刺客《しかく》を送ったところで、アベルが『本気』を引き出す前に一蹴《いっしゅう》されることが明白だ。

けれども、あるいはジークの力があれば、現在《いま》の『全盛期の力を取り戻していない』アベルを打ち破ってしまうかもしれない。

それだけの力がジークには備えられていたのだ。

「……了解いたしました。作戦の決行日はいつに致しますか？」

「そうだな。クリスマス、なんて、良いんじゃないかな」

ジークの封印を解くために必要な日数を逆算すると、少なからず時間のかかる作業になりそうだ。

カインは灰眼の魔術師だ。

アベルが施《ほどこ》した『封印の魔術』は、黒眼系統の魔術であり、本来であれば不得手《ふえて》の属性とされているのだ。

（不得意な魔術であっても関係がありません。ボクは先輩の魔術の最高の理解者ですから）

優れた魔術師というものは、得てして、自分が得意とする属性の魔術以外も扱うことができるものである。

琥珀眼《こはくがん》を持ったアベル程ではないにせよ、カインもまた万能の属性に長《た》けた魔術師であったのだ。

（アベル先輩。ボクから先輩に贈るクリスマスプレゼント、楽しみにしていて下さいね）

暗闇の中でカインは独り、二〇〇年前の時代から変わらない無邪気な笑みを零《こぼ》すのであった。

第二話 新しいクエスト

EPISODE 002

The reincarnation magician of the inferior eyes.

それから。

ザイルからクリスマスについてのアドバイスを受けた翌日のこと。

カネ稼《かせ》ぎのネタを得るために俺はテッドと共に、学園の地下にある『クエスト掲示板』を訪れていた。

クエストとは、アースリア魔術学園の生徒たちが学外からの仕事依頼を受注することのできる制度である。

俺のいた二〇〇年前の時代は、『冒険者ギルド』という施設を中心に、似たような制度があった。

だが、現在は十年以上も前に『冒険者』という職業は廃止になっているのだ。

学園の中に俺の知っている『冒険者ギルド』の制度が残っているとは、なんだか不思議な気分である。

「うお～！　相変わらず凄《すご》い人の数ッスね～！」

クリスマスを直前に迎えて、生徒たちもお金を欲しているのだろうか。

掲示板の前は、既に多くの学生たちの姿で、ごった返しているようであった。

雪かき　報酬《ほうしゅう》12000コル

（雪かき手伝ってくれる学生を募集しています。一日手伝ってくれた方には報酬を差し上げます）

荷物の配達　報酬10000コル

（荷物の配達を手伝ってくれる学生を募集しています。雪の日は報酬を増額いたします）

さて。肝心《かんじん》のクエストの内容はというと、いつもの通り俺が知っていた『クエスト』とは随《ずい》分《ぶん》と違うようである。

むう。どれもこれも報酬が安いな。

前に見た時と比べると多少は『季節感』というものが出ているような気がするが、基本的には代わり映えしないようである。

俺のいた二〇〇年前の時代は、魔獣の討伐《とうばつ》依頼が中心であったのだが、現代ではアルバイトと同じような意味になっているようだ。

やれやれ。嘆《なげ》かわしい。

これではまるで冒険者ごっこ、だな。

このレベルのクエストだといくつ受けたところで、たいした金額にはならなそうである。

「うーん……。何処《どこ》にあるのかしら……。例の仕事は……」

と、そこで俺は掲示板の前で見覚えのある少女がいるのを発見する。

エリザだ。

火の勇者マリアの血を受け継いでいるエリザは、入学試験の時から、何かと縁のある女であった。

「あったわ！　コレよ！　コレ！」

目当てのクエストを発見したエリザは、眼を輝かせているようだ。

どれどれ。

エリザのやつ、どんなクエストを探していたというのだろうか。
他人事《ひとごと》ではあるが、気になるところではあるな。

クリスマスケーキの販売　報酬７０００コル
（冬シーズンに販売するケーキの売り子を募集しています。若さ溢《あふ》れるアットホームな職場です☆）

完全にアルバイトだな。
もはや魔術とは何の関係もないような気がするぞ。
雪かきや、荷物配達のクエストは、体を鍛える効果を見込めるかもしれないが、ケーキの販売では何のトレーニングにもならないだろう。

「そんなクエストで大丈夫か？」
「ふぁっ!?　アベル!?」

俺が声をかけてやると、エリザは肩をビクリと震わせて驚いているようであった。

「な、な、な……。アタシに何か用かしら⁉」

どうやら急に声をかけられて、俺の言葉が頭の中に入っていかなかったみたいだな。

「報酬も低いようだし、エリザなら他にも、良い条件のクエストがあるんじゃないのか？」

この学園の他の生徒たちと比較すると、エリザは優秀な生徒だ。

魔術を用いた高報酬のクエストを受けても、難なく達成することができると思うのだけどな。

「うーん。たしかに報酬は低いかもしれないわね。でも、このクエスト、売れ残ったケーキは食べ放題みたいなのよ！」

心なしかキラキラと眼を輝かせながらエリザは言った。

なるほど。

報酬の金額は二の次で、副次的なリターンを得ようと考えているのか。

「前々からケーキ屋さんで働きたいって思っていたのよね。報酬は二の次よ！　お金のために働くっていうのが、ピンと来ないのよね」

ふうむ。報酬を優先しないエリザの考え方は新鮮ではあるな。

報酬ではなく、仕事内容で選んでみるのもアイデアの一つとして面白いかもしれない。

「ケーキ食べ放題ッスか。たしかに悪くないクエストッスね」

俺たちの会話を聞いていたテッドが感心した様子で呟《つぶや》いた。

「テッドは決まったのか？」

「はい！　自分は雪かきのクエストに挑戦してみようと思ってるッス。雪かきは自分の得意分野ッスから！　よくバアチャンにも褒《ほ》められていたんスよ！」

ふむ。たしかにテッドの故郷であるランゴバルド領は、年がら年中、雪が降っているエリアだったたな。

報酬ではなく、ひとまず、自分の得意なことを選ぶテッドも理に適《かな》った選択なのかもしれない。

「で、結局、師匠《ししょう》は何のクエストを選ぶんスか⁉」

「そうだな。俺は――」


よくよく考えてみるとリリスに対するプレゼントは、別に豪華なものでなくても構わないかな。

今回は報酬を得ることは二の次として、『興味を持てる仕事』を選んでみることにしよう。


～～～～～～～～～～～～～～～


それから数日後。

つつがなく今週の授業が終わり休日となった。

今日は受託したクエストに向かう日である。

ふむ。まったく、学生という身分は、不自由に尽きるなあ。

アースリア魔術学園では生徒が外出する際には規定の『外出届け』を提出しなければならないというルールが存在しているのだ。

基本的には受理されるものらしいのだが、時々、意地の悪い担当に当たった日には、外出許可が下りないというケースもあるらしい。
今回はクエストに向かうという大義名分があるので、承認が下りないということはないだろうが、警戒はしておいた方が良さそうである。

「お出かけですか。アベル様」

なんだ。今日の担当はリリスであったか。
他の教師の場合はともかく、リリスが担当であれば外出に関しては特に問題はなさそうだな。

「あら。そのマフラー」

俺の首元を目にしたリリスは、何やら嬉しそうに呟いた。

「前にワタシが差し上げたものですね。気に入って頂けたようで何よりです」

ふうむ。
たしかに、このマフラーは、俺が転生して、この二〇〇年後の世界に足を踏み入れた直後、リリスから貰《もら》ったものだったな。

別に意識をしていたわけではないのだが、なんとなく、使い勝手が良くて愛用していたのである。

今年も寒くなってきたので、タンスの奥から取り出してきたというわけである。

「ですが、もう随分《ずいぶん》とボロボロになってしまったようですね」

そうだろうか。

俺の眼からすると、別にそこまで気にするほどではないのだけどな。

リリスは少し、細かいところが気になる性格のようである。

「そうだ。今年のクリスマスプレゼントは、マフラーなんてどうでしょうか？」

ふむ。どうやらリリスも、クリスマスというイベントを意識しているようだな。

俺としては、何が、そんなに特別なのか分からないのだが、この時代の人間の価値観に照らし合わせると一般的なものなのだろう。

「いや。できれば別のものにしてくれ」

「あら。お気に召しませんでしたか？」

「このマフラーは気に入っているからな。できれば、長く使いたい。お前が初めてくれたものだから、というのもあるのだろう」

「…………」


何故だろう。

素直に俺が思ったことを伝えてやるとリリスは、暫《しばら》く俺の眼を見つめたまま無言になってしまった。


「アベル様♡」


次にリリスの取った行動は、俺にとって想定外のものであった。

何を思ったのかリリスは俺の体を抱きしめて、胸元に頭を埋めてきたのである。

「おい。何をしている」

「申し訳ありません。アベル様のことが急に愛《いと》おしくなってしまいまして」

やれやれ。

この女、相変わらず、やりたい放題だな。

今更、言うまでもなく、俺たちの関係は学園の中では秘密となっているのだ。

対外的には俺たち二人は、年の離れた姉弟という設定になっているのだ。

偶然、他の生徒がいないタイミングだから良かったものの、少し間違っていれば、取り返しのつかないことになっていただろう。


「そろそろ俺は行くぞ。今日は予定があるんだ」

「はい。ちなみに、どのような予定なのでしょうか？」

「野暮用《やぼよう》だ。日が落ちるまでには戻る」

「…承知いたしました。学園に対する報告の方は、適当に辻褄《つじつま》を合わせておきますね」


ふう。想定外のアクシデントはあったが、どうにか外に出ることができた。

何を隠そう俺が外出する理由は、リリスに渡すプレゼントの資金を稼《かせ》ぐためなのだが、今は伝える必要はなさそうだな。

本人に事前に概要《がいよう》を伝えてしまっては興醒《きょうざ》めというものだろう。

〜〜〜〜〜〜〜〜〜〜〜〜〜〜

それから。
無事に学園を出た俺が向かった先は、学園にクエスト依頼を出した場所であった。

孤児院の手伝い　報酬《ほうしゅう》５０００コル
（クリスマスのイベントに向けて孤児院の運営を手伝ってくれる学生を募集しています。仕事内容の詳細は現地で説明いたします）

今回、俺が引き受けることに決めたクエストは、こんな感じの内容になっている。
報酬は他のクエストと比べても輪をかけて安い。
どうやら依頼主の懐《ふところ》事情は、芳《かんば》しくはないようである。

「ここか」

指定された場所にあったのは、教会の奥に併設された建物であった。

ふむ。建物は古いが、それなりに手入れはされているようだな。

私道を抜けた奥地に建てられた孤児院は、周囲の視線を避けるのに適した立地であった。

「あら。キミが募集を見てきてくれた学生さんかい？」

扉の前に立ってみると、一人の老女が姿を見せる。

年のころは七十歳を越えているだろうか。

白髪の交じった髪の毛を束ねた、修道服に身を包んだ女性だった。

「はい。アースリア魔術学園から来ました。アベルと言います」

「あら。若いのに礼儀《れいぎ》正しい子だねぇ」

俺が軽く会釈《えしゃく》をすると高齢の女性は、感心したように呟《つぶや》いた。

「ワタシは、キクコだよ。良いんだよ。そんなに畏《かしこ》まらなくって」

むう。どうやら、このキクコという女は、まともな性格をしているようだな。

前に『倉庫の整理』のクエストを依頼してきたリサイクル商店の店主エドガーとは、雲泥《うんでい》の差のようである。

「最近、ウチで働いてくれていた若い子が辞めることになってしまってねぇ。新しい人を雇うまでの間、学生さんに手伝ってもらいたかったんだよ」

なるほど。

つまり俺は、以前にここで働いていた人間の代役というわけか。

どうして俺が今回のクエストを受けることを決めたのか？

それは、孤児院という場所が、幼少期の俺が過ごした施設だからだ。

現代の孤児院が、どのような環境下にあるのか、少しだけ興味があったのだよな。

「アベルくんに任せたいのは、子供たちのお守だよ。ウチの子たちは元気が良いから。大変だと思うけど、頑張ってねぇ」

子供のお守、か。

まず、間違いなく、俺が得意としていない分野だな。

だが、自分の得意な仕事だけを引き受けていては、新たな知見を広めることは難しい。たまには不得手《ふえて》としていることに挑戦してみるのも悪くはないだろう。

「こっちだよ。はぁ……。年を取ると子供の世話も辛《つら》くなってくるんだよねぇ……」

キクコに案内されたのは、建物の一階にある部屋であった。
部屋に入る前からでも、騒がしい中の様子が分かる。
覚悟を決めて扉を開くと、そこにあったのは、驚きの光景であった。

「でりゃあああ！　覚悟しろおおおお！」
「何を！　このおおおおおおおおお！」

ふむ。どうやら中は想像以上に混沌《こんとん》としているようだな。
部屋はそれなりに広いようだが、十人近い子供たちを押し込めた結果、足の踏み場がないくらいに乱雑とした感じになっていた。

「みんな！　静かに！　新しい職員さんが来てくれたよ！」

キクコが声を上げると、部屋の中にいる子供たちが一斉に注目してくる。

「はぁ～。なんだよ。前の姉ちゃんはもう辞めちまったのか」
「今度の奴は一体、どれくらい持つんだろうなぁ」

なるほど。
俺の姿を目の当《ま》たりにした子供たちが、何やら生意気な口を叩いているようだ。

どうやら、この時代の孤児たちは、それなりに身なりが整っているようだな。
俺が暮らしていた二〇〇〇年前の時代、孤児たちの暮らしは、酷《ひど》いものであった。
衣食住が満足に得られていないのはもちろん、劣悪な生活環境の中で、生死の境を彷徨《さまよ》って、犯罪に手を染めることすらもあった。

この時代の孤児たちは、比較的、恵まれた環境にいるようである。

「おい！　見ろよ！　コイツの眼！　黄色いぞ！」

子供の一人が俺の方を指さして叫んでくる。

「《ひよこ目《チック・アイ》》だ！　オレ、初めて見たぞ！」


ふうむ。一周回って、新鮮なリアクションが返ってきたな。

俺の持つ《琥珀眼《こはくがん》》は、二〇〇年後の世界では、《劣等眼》と呼ばれてバカにされるようになっていた。

更にバカにした言い回しとして《ひよこ眼《チック・アイ》》という俗称も存在しているようだ。

幼少期の頃にテッドからも同じように言われたことがあったので、子供が使うことの多い言葉なのかもしれない。


「だっせぇ！　《ひよこ目《チック・アイ》》かよ！」

「信じられない！　気持ち悪いよー！」


他の子供たちも俺の眼を見て、散々な反応をしているようだった。

やれやれ。

黙っていれば、言いたい放題に言ってくれるな。

自制心がない子供の言動というのは、時に、大人よりも残酷《ざんこく》なものになるということなのだろう。

「じゃあ、後はお願いね。アベルくん。少し口が悪いところはあるけど、根は良い子たちだから」

根は良い子たち、か。

コイツらの口の悪さは、少し悪い、で、収まるような範囲ではないような気がする。

育ての親ということで、何かと評価が甘くなっているのかもしれないな。

「ええ。了解しました」

さてさて。どうしたものか。

どうやら現代の孤児たちは、俺の知っているものとは違い、甘ったれた駄々っ子ばかりのようだな。

この問題児たちを相手にするのは、俺が今まで受けてきた、どんなクエストよりも面倒くさいものになるかもしれない。

～～～～～～～～～～～～～～～～～

それから。

何はともあれ、問題のクエストはスタートした。

「へへっ！　オレ様のナワバリに土足で入ってくるとは良い度胸だな！」

キクコが買いものに出かけるや否《いな》や、子供たちの中でも気の強そうな男児たちが前に出てくる。

先程、俺の眼をバカにしてきた子供たちだな。

見るからにヤンチャそうな外見をしている。

「ふんっ。澄ました顔をしやがって！　年上だからっていい気になるなよ！」

やれやれ。

口の利《き》き方のなっていない子供だな。

本来であれば、この手の人間は無視をするのが一番なのだろうが、生憎《あいにく》と今回に関してはそういうわけにはいかない。

報酬《ほうしゅう》をもらう以上は、面倒を見てやる必要がありそうだ。

「いいか新入り！　この家のルールを教えてやるぜ！　この家ではな！　強い奴が偉いんだぞ！」

「オレたちに認められたければ力を示せ！　チャンバラごっこだ！」

強気な言葉を吐いた子供たちが、何かを取り出してくる。

ふむ。どうやら新聞紙を丸めて剣に見立てたものらしいな。

今のところ、魔術を使って強化した形跡は見られない。

仮に強化をしたところで、脅威《きょうい》となる可能性は著《いちじる》しく低いと言えるだろう。

「いくぜ！　野郎ども！」

「「おうよっ！」」

リーダーの掛け声と共に子供たちが、一斉に俺に向かって襲い掛かってくる。

子供にしては、なかなかに統率《とうそつ》の取れた動きだ。

おそらく日常的に遊びの一環として、訓練を積んでいたのだろうな。

「おらあ！　食らいやがれ！」

「こっちを見ろ！　《ヒヨコ眼《チック・アイ》》！」

ワンパクな子供たちだな。

正直、この場所で三人の子供たちを相手にかかりきりになるのは、時間がもったいなく感じてしまう。

ふむ。

せっかくだからキクコから渡された仕事の資料に目を通しておくとするか。

俺のいた二〇〇〇年前の時代では、限られた時間を有効に活用できることが、良い冒険者の条件であったのだ。

「クソッ！　攻撃が当たらないぞ！」

「こいつ！　意外に素早いな！」

予想以上に連携が取れているとはいっても、所詮《しょせん》は、子供レベルの話ではある。

この程度の攻撃であれば避けながら昼寝ができてしまうぞ。

資料の読み込み作業が捗《はかど》るというものである。


「おい！　いったん引くぞ！　遠距離攻撃に切り替えろ！」


ふむ。単純な近接戦闘が通用しないと判断して作戦を変えてきたか。

悪くはない判断だ。

この俺に挑んできたという点を除いてな。


「集中砲火〜！」


押し入れの中から枕を取り出した子供たちが、俺に向かって一斉に投げてくる。

やれやれ。仕方がない。

俺は相手の姿、年齢、によって差別はしない主義なのだ。

子供相手だからと手加減をするのは、曲がりなりにも全力で向かってくる相手に対して失礼というものだろう。

「無限領域」

そこで俺が使用したのは、黒眼属性を応用した究極の魔術であった。
俺が魔術を使用した次の瞬間。
広範囲に渡って空間が歪んで、目の前の景色が黒色に塗り潰されていく。

「な、なんだ……!? これ……!?」

子供たちが驚くのも無理はない。
この魔術は最近になって開発に成功した、最高難易度の魔術だからな。

「枕が宙に浮いたまま止まっているぞー!?」

俺が発動した《無限領域》は、特定のエリアに領域を展開する魔術である。
この領域には距離、時間、といった概念《がいねん》が存在しない。
侵入してきた全ての物体を静止させる効果があるのだ。

「お、おい……。なんかヤバくねえか⁉」

「この兄ちゃん。普通じゃねえぞ……⁉」

子供たちも自分たちが置かれた状況の異常さに気付いたようである。


「領域解除」


さて。ここから先は反撃のターンである。

俺が《領域解除》してやると、今まで静止していた枕が反発して子供たちに襲い掛かる。

「ぎゃっ！」「うげっ！」「ふごっ！」

高速で飛んでくる枕を受けた子供たちが、地面に転がる。

派手な攻撃に見えるが、威力に関しては調整してあるから、特に問題になることはないだろう。

「お茶目が過ぎるぞ。小童《こわっぱ》ども」

子供というのは単純だからな。
最初に格付け完了させてしまえば、今後は仕事をしやすくなるだろう。

〜〜〜〜〜〜〜〜〜〜〜〜〜〜〜〜〜

それから数時間後。
俺の仕事はというと順調に進んでいた。
このクエストは子供たちが『大人しくしている』ことを前提とすれば、実のところ割の良いものなのかもしれない。

「ううう……。おかしい……。こんなはずじゃ……」

序盤に俺なりの『教育』を施《ほどこ》したことが功を奏したのだろう。
子供たちは、それぞれ、本を読んだり、絵を描いたりして大きなトラブルを起こすことなく時間を過ごしているようだった。

部屋の掃除《そうじ》、設備の点検などのノルマは、早々に片付けてしまったからな。
おかげで俺は、優雅に読書に興じて、自分の時間を過ごすことができている。

「ただいま。帰ったわよ」

買い物に出かけていたキクコが帰ってきたようだ。
キクコの両手には、パンパンに膨《ふく》れ上がった買い物袋が下げられていた。

「あら。どうしたんだい。みんな。今日はやけに大人しいじゃないかい」

「「「…………」」」

すっかり大人しくなった子供たちを前にしたキクコは、不思議そうに首を傾《かし》げるのであった。

〜〜〜〜〜〜〜〜〜〜〜〜〜〜

一方、その頃。
ここはアベルたちが働いている孤児院から少し離れた場所にある、繁華街《はんかがい》である。

繁華街の中には、最近になってオープンしたケーキ店があった。

新しく建てられた商業施設にオープンしたこのお店は、クリスマスを直前に控えて賑《にぎ》わいを見せていた。

「ありがとうございました～。またのご来店をお待ちしております」

このケーキ店の中で働く茜《あかね》色の髪の毛を持った少女がいた。

エリザだ。

最近になって『ケーキの販売クエスト』を受注したエリザは、この新しい店で販売員として働いていたのである。

「エリちゃん。今日もありがとうねぇー。エリちゃんのおかげで、店に活気が出てきたよ」

「いえいえ。アタシなんて、まだまだですよ」

エリザの評判は上々だ。

明るく、容姿に優れて、誰とでも円滑にコミュニケーションを取ることができるエリザは、早くも依頼人の信用を勝ち取っていた。

「あ。そうだ。今日から新しい子が入るのだけど、エリちゃんに新人の指導を任せても良いかしら？」

これからクリスマスを迎えるにあたり、店の需要《じゅよう》は益々と増していくだろう。
依頼人の店長は、エリザに加えて、新しい戦力を欲していたのである。

「はい。もちろん、大丈夫ですよ」

「良かったぁ。エリちゃんと同じ学校に通う、とっても可愛《かわい》い子よ。二人が協力してくれたら、きっと、お客さんも大喜びよ」

もしかしたら友達を増やすことのできるチャンスかもしれない。
同じ学園に通う生徒と聞いて、エリザの期待も高くなる。

「ふふふ。二大看板娘に働いてもらえば、ウチの店は大繁盛《だいはんじょう》間違いなし！　さぁ！　稼《かせ》ぐわよぉ！」

「…………」

依頼人の邪《よこしま》な呟《つぶや》きが聞こえたような気がしたが、エリザは一旦それを聞き流すことにした。

「ちょっと待っていてね。今、更衣室の方で着替えてもらっているから」

果たして、どんな人が来るのだろうか。
新しくオープンしたこの店は、制服が可愛いと店の内外共に評判である。
可愛い女の子であれば、きっと、店の制服も着こなしているに違いない。
ガチャン。
更衣室の扉が開いたのは、エリザがそんなことを考えていた直後のことである。

「「げえっ！」」

二人の少女の声が上がったのは、ほとんど同じタイミングであった。
目の前の少女を前にしたエリザは、驚きのあまり口を開いたまま硬直してしまう。
何故ならば――。
そこにいたのは同じ研究会に所属する顔見知り、ノエルの姿であったからだ。

～～～～～～～～～～～～～～～


それから。

予想外の人物と遭遇《そうぐう》したエリザは、仕事を再開することにした。

「驚いたわ。まさか、こんなところで貴方《あなた》に会うなんて」

「それはワタシの台詞《せりふ》。エリザがいるなんて聞いていなかった。遺憾《いかん》の意」

エリザとノエル。

それぞれ、《火の勇者》と《水の勇者》の祖先を持った二人は、幼少期の頃からの幼馴染《おさななじみ》で、比較をされることが多かった。

二人の間には、二〇〇年前の時代より受け継がれるライバル関係が形成されていたのである。

「あ。ほら。お客さんよ」

「えっ」

ただし、今は仕事中。

二人のプライベートな事情を職場に持ち込むわけにはいかない。

エリザの指摘を受けたノエルは、たどたどしい雰囲気《ふんいき》で接客に応じることにした。

「いっ、いっ、いっ。イラッシャイマセ。コンニチハー」

信じられないくらいにカタコトであった。

最初は冗談で言っているのかと思ったが、どういうわけか、そういうわけではないらしい。

「あの、苺《いちご》のタルトを一つと、ショートケーキを一つください」

「カカ、カ、カシコマリマシター」

商品ケースを開いたノエルは、ステンレス製のトングを使って、ケーキを取り出した。

「ちょっ！　それはモンブランよ！」

「あうっ！」

エリザの指摘を受けたノエルは、緊張で体をフリーズさせてしまう。
モンブランの上にのっていた栗がコロンと地面に転がった。

「失礼いたしました！」

ノエルのピンチを前にしたエリザは、先輩として助け舟を出してやることにした。

「こちら、苺のタルトとショートケーキになります」

エリザの接客は手際《てぎわ》のよいものであった。
結局、エリザのサポートによって、ノエルは窮地《きゅうち》を切り抜けることに成功した。

「ありがと……。エリザ……」
「ほら！　ボケッとしない！　次のお客さんが来るわよ！」
「あうっ……」

新しくオープンしたばかりということもあって、この店には一息を吐く間もないほどの頻度《ひんど》で客たちが来店するのだ。

今回のクエストは、ノエルにとっては今まで受けてきたどんなクエストと比較をしても困難なものだったのである。


〜〜〜〜〜〜〜〜〜〜〜〜〜〜


それから数時間後。

ノエルが初めての仕事に悪戦苦闘しているうちにすっかりと日が暮れて、店を閉める時間になった。

「ううう……。酷《ひど》く、疲れた……」

更衣室の椅子《いす》に腰を落としたノエルは、すっかりとゲッソリとした表情を浮かべているようであった。

「お疲れ。ノエル」

冷蔵庫から飲み物を取ってきたエリザは、ノエルの頬《ほお》に当ててやることにした。

「ん……。ありがと……」

エリザとノエル。

何かにつけて喧嘩《けんか》が絶えないところがあったが、お互いを嫌い合っているというわけではなかった。

必要とあれば、協力関係になる程度には仲が良かったのである。

「ねえ……。貴方、この仕事、向いていないんじゃない？」

その言葉は、エリザの嘘偽りのない本音であった。

人間には、向き不向きというものが、どうしても存在しているのだ。

内気で、初対面の人間に対して、コミュニケーションを取ることを苦手としているノエルにとって接客業は最悪の相性である。

一方、ノエルの魔術の才能は、エリートたちが集《つど》うアースリア魔術学園の中でも最高峰《さいこうほう》のものなのだ。

なので、仕事を選べば、他に適当なものはいくらでもあるはずだった。

「うっ……。これから善処する……」

実のところ、ノエルがケーキの販売クエストを選んだ理由は、自分の欠点を自覚して、改善をしたいと考えていたからであった。

「どうして働こうと思ったの？　貴方の家はお金持ちじゃない。親に言えば、お金に困ることはないでしょ」

代々、商人の家系を持ったノエルは、地元では知らない人間がいないほどの大金持ちであった。

ノエルがその気になれば、アルバイトのようなクエストを受けずとも、この店を丸ごと買い取ることすらも可能であった。

「それはダメ。自分で稼《かせ》いだお金じゃないと意味がないから」

「……どういうこと？」

どうやら何か、込み入った事情があるようである。

疑問に思ったエリザは、気になっていたことを尋ねてみることにした。

「アベルに告白しようと思っている。クリスマスにプレゼントを贈って、そこで気持ちを伝えるの」

ノエルから返ってきたのは、エリザにとって衝撃的な台詞であった。

「……そう。覚悟を決めたというわけね」

「うん。今、伝えておかないと絶対に後悔《こうかい》すると思ったから。ダメで元々。この気持ちが報われなくても後悔はない」

ノエルの言葉を聞いたエリザは、そこで自らの考えを改めることになる。

（アタシも頑張らないと……！　先を越されるわけにはいかない……）

よくよく考えてみると、クリスマスというイベントは、男女の仲を深める絶好の機会なのかもしれない。
クリスマスが終われば、アースリア魔術学園は、長期の冬期休暇を迎えることになるのだ。
二年生から、クラスが替われば、アベルと会う機会は激減する可能性も考えられる。

「アベル……」

誰に向けるでもなく、エリザはポツリと思い人の名前を口にした。
思い返せば、一目惚《ひとめぼ》れだったのかもしれない。
入学試験の時に決闘をして以来、アベルのことを『気になる存在』として認知していたのだ。

（決めた！　アタシも告白する……！　ノエルには悪いけど、先手を打たせてもらうわ！）

アベルのあずかり知らないところでエリザは、独り決意を新たにするのだった。

～～～～～～～～～～～～～～～

一方、その頃。

ここは、アベルたちの住んでいる『王都ミッドガルド』から遥《はる》か東南に離れた場所にあるオストラ諸島である。

二〇〇年前に《灰の勇者》と呼ばれたカインは、オストラ諸島にある《魔王城》の中で、作業に没頭していた。


「ふう。そろそろ、かな」


カインの手元にあったのは、ジークを封印していた魔石だ。

この魔石は、二〇〇年前の時代に、当時の政権が厳重に保管していたものである。

だが、《黄昏《たそがれ》の魔王》が倒されたあと、この世界に起きたのは、魔族が保有していた領地を巡っての人間同士の醜《みにく》い争いであった。

魔族たちは、人間同士が戦争している最中に、この魔石を奪い、魔王城の中に保管していたのである。

「流石《さすが》はアベル先輩だね。これだけの術式を戦闘中に発動するなんて、灰眼のボクには絶対にできないや」

このレベルの結界魔術を構築できるのは、アベル以外に存在しない。

黒眼のスペシャリストであれば、近いレベルの魔術を発動できるかもしれないが、やはりアベルと比べれば見劣りはしてしまうだろう。

「当時のボクなら凄《すご》すぎて、驚くことしかできなかった。でも、今のボクなら『解除』することくらいはできる」

灰眼の魔術を駆使して《不老不死》の魔術を習得したカインは、この二〇〇年の間、魔術の鍛錬に明け暮れていた。

結果、自分の得意系統以外の魔術を万能に扱えるようになったのだ。

「出ておいでよ。ジーク」

カインが呼びかけた次の瞬間。

複雑な魔術式が施《ほどこ》された魔石はひび割れて、強烈な闇の魔力を解き放つ。

中から出てきたのは、体長三メートルを超えようかという巨大な邪竜の魔族であった。

「まったく……。愚かな人間がいたものだ。まさか、殺されるためにワシを眠りから覚ますやつがいたとはのう……」

封印から解かれたジークは、心底、不機嫌そうに呟《つぶや》いた。

「殺されるのは御免だよ。代わりにキミにお願いしたいことがあるんだ」

「黙れ！　人間風情《ふぜい》が！　ワシに命令をするな！」

殺気を剝《む》き出《だ》しにしながらジークは吠える。

「ボクに協力してくれたら、《金色の黒猫》、アベル先輩の居場所を教えてあげるよ」

「なに……？」

《金色の黒猫》という名前には覚えがあった。

ジークにとっては実に忌々《いまいま》しい記憶である。

魔王軍最強の魔族として名を馳《は》せたジークが唯一、敗北を喫《きっ》した伝説的な魔術師であった。

「ふっ……。良いだろう。取引は成立だ。貴様を殺すのは、少しの間だけ待っておいてやろう」

ジークにとって、アベルは最優先で排除するべき宿敵であった。

長きに渡り、自由を奪われた恨みは、アベルに敗北を与えることでしか晴れることはないだろう。

（待っていろよ。黒猫。久方ぶりのリベンジといこうじゃないか……！）

長きに渡る眠りから覚めたジークは、暗がりの中で、そんなことを思うのであった。

第三話 くすんだ指輪

EPISODE 003

The reincarnation magician of the inferior eyes.

それから。

俺が孤児院で働き始めてから暫《しばら》くの月日が流れた。

『ごめんね。予算が少なくて。アベルくんには悪いけど、なんとか、この額でお願いできないかしら』

さて。今現在、俺が何をしているのかというと、クリスマス当日に子供たちに贈るプレゼントの買い出し作業である。

『額が額だから高望みはしないわ。全員に行き渡るようなものなら、何でも良いから』

俺の右手に握られていたのは、キクコから渡された数枚の銅貨であった。

ふむ。予算はザッと1000コルといったところか。

たしかに少ないな。

この程度のお金では、子供たちに小さな駄菓子を一つずつ、買い与えるくらいが関の山だろう。

だが、あくまでそれは普通の店で使った場合の話である。

創意工夫《そういくふう》を凝《こ》らしていけば、これくらいの予算でも十分なクオリティーの贈り物を揃えることは可能である。

【リサイクルショップ　エドガーハウス】

今日の目的地は、以前の『倉庫の整理』のクエストの依頼主である。

この男には、色々な意味で世話になった。

具体的には、ネズミだらけの倉庫の中に閉じ込められたり、報酬の支払いを渋られたりした。

何かと胡散臭《うさんくさ》い男ではあるが、こういう時は頼りになる存在である。


「げぇ！　お前は、あの時の坊主《ぼうず》！」

俺を前にしたエドガーは、バツの悪そうな表情を浮かべていた。

「お前！　何の用だ！　またオレ様の商売を邪魔する気だろ！　シッ！　シッ！　どっかに行きやがれ！」

まったく、失礼な男だな。

店の入り口を塞《ふさ》いだエドガーは、塩を撒《ま》くようなジェスチャーをした。

「まあ、そう結論を急ぐな。今日は純粋に『客』として、店に来てやったんだ。客商売はもてなしの心が大切だぞ」

エドガーの眼を盗んで、店の中に足を踏み入れる。

「ぬおっ⁉　お前、いつの間に⁉」

気付かない間に俺の侵入を許してしまったエドガーは、愕然《がくぜん》としている。

ふむ。思った通り。

この男の店の商品のラインナップは、ロクでもないようだな。

内装も含めて、趣味の悪い店だ。

この店で取り扱っている商品は、普通の店では、とても出せないような二束三文《にそくさんもん》のガラクタばかりのようだ。


「お」


そこで俺は店の中で都合の良い物体を発見する。

玩具箱《おもちゃばこ》だ。おそらく、仕入れたばかりの商品なのだろう。

箱の中には、乱雑に子供用の玩具が積まれていた。

状態は悪いが、メンテナンスをすれば、子供たちに対するプレゼントとしては問題ない仕上がりになりそうだ。


「この箱は良いな。中のものをまとめて売ってくれ。１０００コルでどうだ」

「ふんっ……。何故、そんな安値で売らなければならない！　いいか！　この箱は、オレ様が、さる高名な貴族の方から20万コルで買い取ったものなんだぜ！」

いつになく饒舌《じょうぜつ》にエドガーは続ける。

「中の玩具は、どれも貴重な限定品で、プレミアがついたものばかりよ！」

「嘘をつけ。どうせ、どっかの家から無料で引き取ったものだろ」

「ハッハッハ〜！　オレが嘘をついているっていう根拠はなんだ！　証拠を出せ！　証拠を！」

やれやれ。相変わらず、酷《ひど》い物言いをするやつだ。

まるで欲が服を着て歩いているような男である。

「分かった。証拠を出そう。この魔道具には、お前の悪行の一部始終を録音している。出すとここに出せば、面白いことになるんじゃないか」

「…………!?」

そこで俺が取り出したのは録音機能が備えられた魔道具であった。

以前にエドガーに会った時に、何かに使えると思って録音しておいたのだ。

『学園から連絡を受けているよ。オレ様の名前はエドガー。近所にある魔道具リサイクルショップの店長よ！』

『ああ。お前たちに任せたいのは、知っての通り、倉庫の清掃《せいそう》作業よ。期限内に倉庫の中を『清潔な状態』にすることができれば、約束の報酬《ほうしゅう》を渡してやろう』

『さあ。早く！　入った！　入った！』

『ナハハハ！　じゃあな！　心配しなくても、日没になったら開けてやるからよ。キッチリと働いてくれな』

魔道具の中に記憶されていたのは、以前に倉庫の中に閉じ込められた時にエドガーから受けた言葉である。

元々、怪しげな依頼内容だったので、こんなこともあろうかと会話の内容を記憶していたのだ。

この男、学生たちを倉庫の中に閉じ込めて、中にいるネズミの魔獣を退治させていたのだ。

もしも世間に事実が明るみに出れば、問題になるのは想像に難くない。

「んなっ……⁉」

まさか会話を録音されているとは思ってもいなかったのだろう。

録音された会話の内容を耳にしたエドガーは、顔面を蒼白にしているようであった。

「ふっ……。仕方がねえ。お前さんには世話になったからな。エドガー様、一世一代の特別大サービスだ！　１０００コルポッキリで売ってやろうじゃないか！」

分かりやすい男だ。

しかし、常に自分の『利益』を最優先に考える男の性格は、非常に扱いやすくて助かる部分があるな。

今回の商談は、お互いに利のある取引になったといえるだろう。

「よしっ。これで良いな。取引は成立だ。あ。言っておくが、袋の代金は有料だぜ？　ウチは環境に配慮《はいりょ》した優良店だからな！　ガッハッハ！」

「…………」

何処《どこ》までも強欲な男だ。

袋の代金を取ることが環境に対する配慮になるのか、という点に関しては、甚《はなは》だ疑問ではある。

まあ、もともと強引な手段で値引きをしたので、袋の代金くらいは払っても良いのだけれどな。

さて。

これで購入した玩具は、袋の中に入れ終わったか。

何はともあれ、これで用事は終わったな。

後は手に入れた玩具を家に持ち帰ってメンテナンスしてやれば、子供たちのプレゼントは用意することができそうである。

「ん……？」

その時、俺は店のケースの中に、気になる商品を発見する。

指輪だ。

琥珀《こはく》色の、くすんだ指輪である。

だが、磨《みが》けば、それなりに見栄えするか。

ふうむ。値段は10万コルか。

学生が買うにしては高値だが、今回、手に入るクエストの報酬を使えば、ギリギリ手が届く範囲だな。

「おい。この指輪だが……」

「ああ！　何だ！　言っておくけど、こっちは安売りできねぇぞ……！　仕入れ値が発生しているからな！」

「…………」

それは先程の玩具が無料で引き取ったものだと自白しているものだと思うのだが、問題ないのだろうか。

「金が入ったら買いに来る。取り置きしてもらうことはできるか？」

あと少しで孤児院のクエストの報酬がまとめて入るところなのだ。

この指輪はリリスに対するプレゼントとして、ちょうど良さそうだ。

「ふっ……。まぁ、良いけどよぉ。お前みたいな学生が指輪なんて何に使うんだ？」

「…………」

なんとも答えにくい質問である。

適当にはぐらかそうにも、男の俺が指輪を使う理由は特にないからな。

「ははーん。分かったぜ。さては女だな？」

小指を立てたエドガーが、人を馬鹿にするような口調で煽《あお》ってくる。

女か。

まあ、魔族ではあるが、リリスの性別は、一応女ではあるな。

図星を衝《つ》かれていることは事実なので、ことさらに否定するつもりはないのだが、この男に言われると少しだけイラつくところではある。

「黙れ。詮索《せんさく》したら殺す」

「お、おい……。冗談だよ。殺気が漏《も》れているぜ……？」

やれやれ。

紆余曲折《うよきょくせつ》を経たものの、これでクリスマスを迎える準備は整ったな。

ふっ……。

あの女は、俺がプレゼントを用意しているとは思ってもいないだろう。

俺からプレゼントを受け取ったリリスの驚く顔が楽しみである。

第四話

EPISODE 004

クリスマス当日

The reincarnation magician of the inferior eyes.

でだ。

月日が過ぎて、クリスマス当日となった。

さて。

世間はすっかりクリスマスムードになっているわけだが、生憎《あいにく》とオレにはやるべき仕事があった。

今日は前々から準備を進めていたクリスマス会の当日である。

仕事の準備を整えた俺は、夕方になったタイミングで、いつものように学園から職場である孤児院に向かうことにした。

「あら。お出かけですか？　アベル様」

学園の外に出ようとしたところ、偶然に通りかかったリリスに遭遇《そうぐう》する。

「このところ仕事に精が出るようですが、何か、お金が必要な理由でもあるのでしょうか?」

「別に。どうということはない。単なる暇潰しだぞ」


無論、嘘である。

真実を語るのであれば、俺は、リリスにプレゼントを贈るために今日まで働いていたのだ。

今日は報酬《ほうしゅう》を受け取った後、エドガーの店に立ち寄って、取り置きをしてもらっていた指輪を買いに行く予定である。

ギリギリのタイミングではあるが、なんとか目標の額を貯められたみたいだ。


「知っていましたか? アベル様。今日は世間では特別な祝い事の日なのですよ」

「ふむ。そう言えば、たしか、今日はクリスマス、という日だったな」

「はい。よく御存じで。アベル様も、この時代の文化に随分《ずいぶん》と慣れてきたようですね」


慣れてきたも何も、最初からそのつもりで今日まで準備を進めてきたのだ。

まあ、今このタイミングでリリスにプレゼントのことを喋《しゃべ》るのは、興醒《きょうざ》めというものである。

俺がプレゼントを用意しているということは、ギリギリまで伏せておいた方が良いだろう。

「ケーキを用意して待っていますから。今日は早めに帰ってきて頂けますと助かります」

「分かった。夜が更けるまでには戻ってこよう」

「ふふふ。お待ちしております」


やれやれ。なんとか秘密を隠し通すことができたか。

この女は、何かと勘が鋭いところがあるので、肝《きも》を冷やしたぞ。

さて。計画は今のところ全てが順調に進んでいる。

今日は慌ただしい日になりそうである。


～～～～～～～～～～～～～～


それから。

学園を後にした俺は、職場である孤児院に向かって歩みを進めていた。

不意に首筋に冷たい感触が伝わった。

雪だ。

今日は昼から、やけに曇っていると思っていたが、このタイミングで降ってくるのか。

所謂《いわゆる》、ホワイトクリスマスというやつである。

イルミネーションによって照らされた雪に彩られて、王都の街並みは、いつにも増して華やいでいるように見える。


「うおーい！　師匠《ししょう》ー！」


暫《しばら》く歩くと待ち合わせの場所に、見覚えのある人物が顔を見せる。

テッドだ。

待ち合わせ場所の噴水前で待機していたテッドは、湯気の立った饅頭《まんじゅう》のようなものを手に持っていた。


「なんだそれは」

「肉まんッス。師匠も半分いりますか？」

「いらん。急で悪いが、時間がない。さっそく行くぞ」

「ふぉわっ！　ま、待って下さいよ！　師匠！」

無理やり饅頭を口の中に詰め込んだテッドが後に続く。

この男テッドは、クリスマス会に向けて招集した助《すけ》っ人《と》である。

今日のクリスマス会は、何かと人手が必要になるのだそうだ。

誰か学園の中に適任者がいないかと、キクコから紹介を頼まれていたのだよな。

初対面の相手とでも、簡単に打ち解けられることができるテッドであれば、適任といえるだろう。

～～～～～～～～～～～～～～～～

それから。

テッドと合流した俺は、さっそく孤児院の中に立ち入って、イベントのための衣装に着替えることにした。

「師匠！　ププププ。その格好、似合っているッスよ」

もともと三枚目な雰囲気《ふんいき》を持ったテッドは、トナカイのコスプレ衣装を完璧《かんぺき》に着こなしている。

かくいう俺は、サンタのコスプレをして顎《あご》から白ヒゲを生やしているわけだけどな。


「で、準備の方はどうだ？」

「こっちの準備は、万全ッスよ！」


俺たちはそれぞれサンタとトナカイの衣装を身に着けている。

我ながら、ガラではないことをしているという自覚はあるのだが、仕事である以上は依頼人の期待に応えるべく最善を尽くす必要があるだろう。

この日のために用意したコスプレ衣装は、新しい布の匂《にお》いが感じられた。


「さあ。ここで本日の主役であるサンタさんに登場してもらおうかしら！」


キクコから合図が送られてきた。

どうやら俺たちの出番のようである。

むう。子供たちの期待の視線が痛いな。

このコスプレのクオリティーで、子供たちを満足させられるか少しだけ不安なところだ。

「行くッスよ！　師匠！」

ふむ。こういう時、まったく物怖《ものお》じしないテッドの性格は、時々羨《うらや》ましくはあるな。

勢い良く扉を開いたテッドは、子供たちの前に飛び出していく。

「ワッハッハッハ！　ワシじゃよ！　ワシがサンタじゃ！」

「…………」

いや、お前はトナカイだろ、とツッコミを入れたい気持ちをグッと堪えておく。

子供が相手のイベントだ。

細かいツッコミを入れるのは野暮《やぼ》というものだろう。

「嘘つけー！　誰だ、お前ー！」

「おい！　そこにいるの、アベ兄《にい》じゃないか！」

やはり当然のように俺の正体は、バレてしまっているようである。

初対面のテッドはともかく、普段、会っているオレに関しては取り繕《つくろ》いようがないだろう。

「今日はサンタさんが皆にプレゼントをくれるそうだよ」

さて。ここまでは事前の打ち合わせの通りである。

キクコから合図を受けたタイミングで俺は、背負っていたプレゼント袋を床の上に置くことにした。

「ワシらからのプレゼントじゃ！　皆、大切に扱うように！」

トナカイのコスプレをしたテッドが、仰々《ぎょうぎょう》しい台詞《せりふ》を口にする。

どうやらテッドは、サンタとトナカイの違いについて理解をしていないようだな。

「まあ、そこまで言うなら、貰《もら》ってやらねえことはねえけどよ」

「変なものを寄越したらタダじゃおかねーぞ」

ふむ。なんだかんだで、プレゼントに対しては興味津々《しんしん》のようだな。

生意気な子供たちだと思っていたのだが、年相応に可愛《かわい》らしいところもあるのかもしれない。

「「「………」」」

俺の思い過ごしだろうか？
プレゼントを前にした、子供たちのテンションが露骨に下がっているようであった。

「はあ～。なんだよ。この、ボロい人形は！」

袋の中に入っていた人形を手にした子供は、大きな溜息を吐く。

「だっせー！　イマドキ流行《はや》んないぜ！」
「ちぇっ。食い物じゃないのかよー！」

やれやれ。この時代の孤児たちは、贅沢《ぜいたく》が過ぎるようだな。
長らく、飽食の時代が長く続いた弊害《へいがい》でもあるのだろう。
俺のいた二〇〇年前の時代で生きていた孤児たちは、毎日、生きるために汚水を啜《すす》るような生活を強《し》いられていたのだけれどな。

だが、この展開は俺にとって想定内である。

「まあ、待て。ここにあるのは、ただの人形というわけではないぞ」

さて。子供たちの不満が爆発する前に種明かしをしておくことにするか。

「背中にあるスイッチを押してみろ」

「ん。こうか？」

俺の提案を受けた子供の一人は、半信半疑といった様子で兵隊を模したブリキの人形のスイッチを押す。

もちろん、俺は、単なる薄汚れた人形をプレゼントに選んだつもりは毛頭ない。

このプレゼントには、黒眼の魔術を使って、俺なりの細工を施《ほどこ》しておいたのだ。

『ようこそ、夢と希望の街へ！』

「「喋《しゃべ》ったああぁぁぁ⁉」」

俺が施した『細工』を前にした子供たちは、それぞれ、驚愕《きょうがく》のリアクションを取っていた。

そう。

このブリキの人形には、スイッチを押す度《たび》にランダムな音声を出す機能を付与していたのである。

「スゲー。どういう仕組みになっているんだ？」

「魔術だ！　きっとアベ兄が凄《すご》い魔術を使ったに違いないぜ！」

ふむ。俺の想定以上の反響を呼んでいるようだな。

子供たちが魔術に興味を持つには、ちょうどよい教材となりそうである。

「おい。アベル！　オレのロボットは喋らないぜ！」

別の人形を手にした子供が愚痴《ぐち》を零《こぼ》している。かなり不満気な様子だ。

だが、これに関しても何も問題はあるまい。

俺が魔術を施した人形は、それぞれ、異なる種類の機能を持たせていたからな。

このロボットに持たせた機能は、『喋る』ものではなかったのだ。

「その人形の場合は、腕にあるレバーを倒してみるんだ」

「ん？　こうか？」

俺の提案を受けた子供の一人は、半信半疑といった様子でロボットの人形のレバーを倒す。


ビュオンッ！


次の瞬間に起きた出来事は、周囲を震撼《しんかん》させるものであった。

ロボットの手から高速のビームが、発射されたのだ。


「なっ……！」


突然の出来事を前にした子供たちは、驚きのあまり硬直しているようであった。

「スゲー！　なんだよ！　これ！」

「カッケー！　今の何だったんだ⁉」

ふむ。どうやらロボットに実装したビーム攻撃の評判は上々のようだな。

種明かしをすれば、今のビームは、威力はなく、音だけを派手に調整した《無属性》の魔力弾だ。

実用性のない『子供騙《だま》し』の魔術であるが、それだけに玩具《おもちゃ》としては、最適と言えるだろう。

「ねえ！　アベ兄！　こっちの人形は、どんな機能があるの!?」

「オレの人形はどうなっているんだ！　教えてくれ！　アベ兄！」

プレゼントの性能を目《ま》の当たりにした子供たちが、矢継《やつ》ぎ早《ばや》に質問を投げてくる。

やれやれ。

現金なやつらだな。

だが、自分の作ったもので誰かが喜んでくれるというのは、悪い気分ではない。

エマーソンから受けていた魔道具に関する講義が、意外なところで役に立った。

「凄いわね……。今時の学生さんって、皆、こんな感じなのかしら？」

「いえいえ。師匠《ししよう》は特別なんスよ。師匠は、オレの自慢の師匠ッスからね！」

俺のいないところで二人が何か話しているようだ。

こうしてクリスマスイベントは大盛況のまま、幕を閉じた。


〜〜〜〜〜〜〜〜〜〜〜〜〜〜〜


それから。

無事にクリスマスイベントを成功させた俺は、帰りの支度《したく》を整えることにした。

ふむ。思っていたよりも、時間がかかってしまったな。

キクコから受け取った封筒の中には、報酬《ほうしゅう》の硬貨が入れられている。

後は早くエドガーの店で約束の指輪を購入して、学生寮に戻ることにしよう。

「お疲れ。アベル君」

俺が身支度を整えていると、キクコが飲み物を差し入れに持ってきてくれた。

「アベル君のおかげで、今年のイベントは、大盛況だったわ。ワタシ、この仕事を始めて、もう三十年は経つけれど、こんなに盛り上がった日は初めてだったよ」

今回の依頼は、報酬の額は二の次としていたからな。

依頼者が満足してくれたようで何よりである。

「そういえば、アベルくんも孤児院で育ったと言っていたねぇ？」

「ええ。昔の話ですけどね」

「ふふふ。アベルくんも昔は子供だったなんて、なんだか信じられないねえ。キミのように大人びた子供がいるなんて、未だに驚いているよ」

「…………」

キクコは何も間違ったことは言っていない。

実際の俺は『前世』と『今世』を合算すると、既に四十年を超える人生を過ごしているのだ。

精神的な年齢でいうと成熟した大人である。

キクコの想像している『昔の話』は、ほんの数年前のことだと思っているのだろうな。

「貴方《あなた》を育てた先生という人は、きっと、素晴らしい人物だったのでしょうね」

「…………」

そうか。キクコには仕事中、孤児院時代に俺を親代わりに育ててくれた『先生』について話していたことがあったな。

「ふっ……。そうですね」

その時、俺の脳裏《のうり》に過《よぎ》ったのは、いつの日か先生を殺した時のことであった。

『この……化物めっ！』

孤児院で起きた悲劇は、今でも昨日のことのように思い出すことができる。
あの日、俺は育ての親を他でもない自分の手で殺したのだ。
掌《てのひら》にこびりついた血の臭《にお》いは、今でも鮮明に思い出すことができる。
間違っても、先生は世間一般的に言われている『良い人』ではなかっただろう。
己の研究のために子供たちの命を奪った先生のやり方は、当時の価値観に添っても、決して許されるものではなかった。

だが、何故だろうな。

たとえ、どんなに酷《ひど》い裏切りにあったとしても、俺は先生のことが嫌いにはなれなかった。


「なあ。アベ兄！　もう行っちゃうのかよ！」


俺たちの会話を盗み聞きしていたのだろう。

ここ数日の間に顔見知りとなった子供たちが駆けつけてきた。


「次はいつ来るんだ⁉　まさか、もういなくなっちまうわけではないよな！」

「今生《こんじょう》の別れというわけではない。気が向いたら、また来るぞ」


孤児院のイベントはクリスマスだけ、というわけではないようだな。

春になれば、花見のイベントがあるし、夏になれば、バーベキューのイベントを行っている。

人手が足りなくなっていれば、小遣い稼《かせ》ぎに来させてもらうことにしよう。


「約束だぜ！　アベ兄から教わった魔術、今、練習中だからよ！」

「絶対にまた遊びにきてくれよ！　オレも、アベ兄みたいなカッチョイイ魔術師になってやるぜ！」

やれやれ。

必要以上に世話を焼いたせいか、やけに懐かれてしまったようだな。

だが、孤児院にいる子供たちに頼られるのは、案外、悪くはない気分であった。

俺を魔術師として鍛え育てた先生も、こんな感情を抱いていたのかもしれないな。

第五話

EPISODE 005

聖夜の事件

The reincarnation magician of the inferior eyes.

それから。

無事にクリスマスの仕事を終わらせた俺たちは、学園寮に戻るための帰路につく。

「いや〜！　楽しかったッスね！　師匠《ししょう》！」

おそらく孤児院の子供たちから『手荒い洗礼』を受けたのだろうな。

テッドの顔には、子供たちのラクガキが書かれていた。

「それにしても意外でしたよ。師匠が孤児院で働きたいなんて。報酬《ほうしゅう》だって安かったんスよね？」

「まあ、そうだな」

「孤児院に何か思い入れでもあるんスか？」

不意にテッドが核心を衝《つ》いた質問を投げかけてくる。

「……別に。どういうことはない。単なる暇つぶしだ」

俺が二〇〇年から転生してきた魔術師だということは、幼馴染《おさななじみ》のテッドにも話したことのない秘密である。

無論、これから先、誰かに打ち明ける気もサラサラない。

打ち明けたところで理解を得られるとは思えないし、困惑させてしまうだけだろうからな。

「まあ、そうッスよね。師匠が子供の世話なんて、まったくイメージが湧かないッスからね」

俺の言葉を受けたテッドは、カラカラと笑っていた。

コイツの場合は、俺の境遇について深く考えないでいてくれるから、付き合いやすいんだよな。

俺のような『訳あり』の人間と長く付き合っていられるのは、テッドのサッパリとした性格に助けられている部分があるのだろう。

「んあ……？　あそこにいるのは……？」


俺たちが異変に気付いたのは、そんな会話を交わしていた直後のことであった。

ふむ。何処《どこ》かで見覚えのあるシルエットだな。

テッドの視線の先にいたのは、最近になって付き合いの増えたクラスメイト、ザイルの姿であった。


「おーい！　ザイルさん！　何をしているんスかー!?」


ザイルの様子が妙だな。

俯《うつむ》きながら雪の上を歩くザイルは、見るからに覇気《はき》のない雰囲気《ふんいき》だ。

どういうわけかザイルの両手には、花束のブーケが抱えられていた。

まだ花が新しいな。おそらく買ったばかりの代物《しろもの》なのだろう。


「ああ……。テッド……。それにアベルか……」

ふむ。こんなに元気のないザイルを見るのは初めてだな。

両手に抱えた花束のブーケも心なしか萎《しお》れているように見える。

「テッドよ。やはり女はクソだな。奴らは信用できねえ！」

「どうしたんスか！　何があったんスか⁉」

どうやら何か訳ありのようだな。

そういえばザイルは、クリスマスには『予定がある』という意味深な台詞《せりふ》を吐いていたような気がする。

「クソッ……。オレは利用されていたんだ！　散々、プレゼントを要求しておいて、クリスマスは別に予定があるから店を休むなんて、そりゃあ、ないぜ！」

「そ、それはお気の毒でしたね。ザイルさん。ちなみに相手はどんな人だったんスか？」

「近所のメイドカフェの店員さんだ。店の中でも指名率がナンバーワンの人気の子だったんだ」

「…………」

どうやら訳ありの女性のようである。

であれば、彼女の行動は特段、責められるようなものではないのだろう。

「ザイルさん！　ドンマイッスよ！　女の子なんて、世の中には星の数ほどいるッスよ！」

「テッド……。お前は、オレを許してくれるのか……？　クリスマスは予定があるといって、散々調子乗っていたんだぜ……？」

「もちろん！　当然ッスよ！　自分たち『モテない男同盟』の絆《きずな》は永遠ッスからね！」

グッと親指を立てながらも、テッドは告げる。

「おお……。テッドよ……。お前ってやつは、なんて良い奴なんだ……！」

テッドの言葉に感銘《かんめい》を受けたザイルは、両目から涙を流しているようだ。

やれやれ。

つい先日、決裂したかと思えば、絆を深めたりして、忙しい同盟である。

この茶番に付き合うのにも、なんだか、慣れてしまったな。

「ザイルさん！　今夜は、とことん食べ歩きましょう！」

「おうよ！　クリスマスチキンを食べまくるぜ！」

ふうむ。なんだか妙な雰囲気になってきたな。

面倒事に巻き込まれる前に退散させてもらうことにするか。

誠に残念ではあるが、この後、俺は予定があるのだ。

「おい！　アベルのやつ！　いなくなっていないか⁉」

ザイルが異変に気付いたようだ。だが、気付いた時にはもう遅い。

俺は既に帰宅の準備を整え、二人とだいぶ離れた位置にいたのだ。

「畜生《ちくしょう》！　アベルのやつ、裏切りやがったな！」

「失望したッスよ！　師匠！　自分たち『モテない男同盟』の絆は、永遠じゃなかったんスか⁉」

悪いな。テッド、ザイルよ。

生憎《あいにく》と、俺は、そのような怪しげな同盟に加入した覚えは、最初からなかったからな。

二人には悪いが、俺は、後に控えている用事を優先させることにしよう。

〜〜〜〜〜〜〜〜〜〜〜〜〜〜〜〜〜〜

でだ。

テッドたちと別れた俺は、すかさず取り置きをしておいた指輪を買いに行くことにした。

「よぉ！　坊主《ぼうず》！　例の物《ブツ》は取っておいてやったぜ。エドガー様の粋《いき》な計らいに感謝するんだな！　ガッハッハ！」

やれやれ。

相変わらず、鼻につく言い方ではあるが、今日ばかりは大目に見てやることにしよう。

さて。目的は果たした。

寮に戻るために夜の街を歩く。

クリスマスのイルミネーションによって彩られた街並みは、それなりに風情《ふぜい》があり、大衆受けしそうなものだった。

「「アベル！」」

街の繁華街《はんかがい》を横切ろうとした矢先、不意に二人の少女に声をかけられる。

エリザとノエルだ。

こんな時間に二人が揃って、夜の街にいるのは珍しいな。

「ちょっと時間いい？　今日はアベルに話したいことがあるの」

ふむ。どうやら何か込み入った事情があるみたいだな。

こんな真剣な雰囲気の二人を見るのは、初めてのような気がする。

「ああ。俺に何か用か？」

リリスと約束していた時間には、まだ多少は余裕があるか。

少しくらいなら、二人と話せる時間も残されているだろう。

「アベル。あのね、ワタシ、アベルが好き」

次の瞬間、ノエルの口から飛び出してきたのは、俺にとって意外な言葉だった。

「アタシも同じ気持ち。初めて会った……。入学試験の時から、ずっと、アベルに惹《ひ》かれていたのだと思う……」

やれやれ。

このタイミングで二人から同時に告白を受けることになるとは、流石《さすが》の俺にとっても予想外のものであった。

さてさて。どうしたものか。

無論、俺は二人の好意に気付かないほど鈍感な男ではなかった。

だが、残念ながら、今の俺では二人の気持ちを受け止めることは難しい。

であれば、二人の気持ちを傷つけないように振る舞うのが最善の選択というものだろう。

「すまない。風の音がうるさくて、よく聞こえなかったぞ」

悩んだ挙句《あげく》に俺が返したのは、我ながら少し苦しい返事であった。

仕方がないことなのだ。

二人の気持ちを不要に傷つけないためには、多少の無理を通さなければならないだろう。

「はぐらかさないで！」

強い意志の込められた声でノエルが言った。

「アタシたちは本気よ。だから、子供扱いをしないで！」

どうやらエリザも真剣なようである。

ふむ……。いい加減、誤魔化《ごまか》し続けるのも限界ということか。

どうして俺が二人の気持ちに応えることができないのか？

その理由について、明かさなければならないタイミングが訪れたようである。

「お前たちのことは大切に思っている。だが、これから先も、ずっと男女の仲になることはないだろう」

「……どうして？」

やれやれ。

できれば、この秘密は墓場まで持っていきたいと思っていたのだけれどな。

「それは俺が二〇〇年前の時代から転生してきた魔術師だからだ」

冗談として受け止められることのないよう、ハッキリとした口調で二人に告げてやる。

まさか二人に真実を語る日が来るとは思いも寄らなかった。

我ながら、迂闊《うかつ》というより他にないな。

自分の秘密を打ち明けても仕方がないと思う程度に、俺は二人に心を許していた、ということなのだろう。

「火の勇者マリア、水の勇者デイトナは、俺の弟子であり、仲間だった。その祖先であるお前たちは、俺にとっては親戚《しんせき》の子供のような存在だ。だから、これから先も、恋愛感情を抱くのは難しいだろう」

「「…………」」

俺の言葉を受けた二人は、暫《しばら》く啞然《あぜん》とした表情を浮かべていた。
信じられないというよりは、理解が追いつかないといった反応だ。

「え？　それってどういう意味……？」
「アベルは、この時代の人ではなかった……？　でも、そんなことが可能……？」

俄《にわか》には信じられないという感じだな。
まあ、当然の反応である。
転生の魔術は、二〇〇年前の俺が編み出したオリジナルのものなのだ。
過去に前例がない以上、どんなに言葉を重ねたところで説明をするのは難しそうだ。

「…………!?」

その時、俺は背後より不穏な気配を感じ取っていた。
他に類のない強烈な闇の魔力の気配だ。
俺のいた二〇〇年前の時代でも、これほど凶悪な魔力を放つ存在は珍しかった。

「下がっていろ。エリザ。ノエル」

どうやら敵の狙いは俺にあるらしいな。

邪悪な魔力の気配が、急速に俺の元に接近してくるのが分かる。

「俺が転生した魔術師だということを証明する時が来たようだ」

今回の相手は、今まで戦ってきた連中とは違い、最初から全力で迎え撃つ必要がありそうだ。

であれば、俺の正体を明かすタイミングとしては、最適と言えるだろう。

～～～～～～～～～～～～～～～～～～

一方、その頃。

時刻はアベルが夜の街で、クエストを完了した頃にまで遡《さかのぼ》ることになる。

ここは、王都ミッドガルドより、少し離れた西門エリアである。

その異形《いぎょう》の存在は、雲の下、虚空より、産み落とされた。

高速で飛来する魔族は、流れ星のように夜空に輝きを放ちながら着陸する。

魔族が着地した場所には、隕石が落ちたかのように巨大なクレーターが作られた。

「んん……？　なんだ、あれ……？」

最初に異変に気付いたのは、西門で見張りをしていた王都の衛兵であった。

「隊長。今、西門近辺に不審物が落下したような気がするのですが……。自分の見間違いでしようか？」

「んぁ……。不審物だぁ？　一体、何が出たっていうんだ？」

「分かりません……。ただ、なんとなくですが、邪悪な魔力な気配を感じられました」

その魔族が放つ強烈な闇の気配は、新人の衛兵にも『嫌な予感』を覚えさせるものであった。

「もしかしたら魔族かもしれません……」

「アハハハ！　魔族だぁ？　この平和な時代にそんな恐ろしいものが出るはずがねぇだろ」

「で、ですよねー」

二人の衛兵たちは知っていた。

この王都で、たまに起きる事件というと酔っ払いたちが暴れる程度ものだ。

人の生死に関わるような大事件が起きるとは考えにくい。

異変が起きたのは、二人の衛兵がそんな会話を交わしていた直後のことであった。

ドシャアアアン！

突如として建物の壁に穴が開いて、多量の粉塵《ふんじん》が巻き上がる。

「うぬ……。弱い。弱すぎる」

壁を突き破って現れたのは、体長三メートルを超えようかという邪竜の姿をした魔族、ジークであった。

「この時代の魔術師は、何故、こうも軟弱なのだ？　黒猫と戦うまでの肩慣らしにもならぬわい」

ジークは両手で、門の前で警備していたボロボロになった同僚たちを引きずっていた。

「「ひぃ⁉」」

ジークに凄《すご》まれた衛兵は、恐怖で足を竦《すく》ませる。

本来であれば、本部に連絡を入れなければならない非常事態なのだが、目の前の『怪物』に怯《ひる》んでしまって身動きを取ることができないでいた。

「ふう……。この姿では動きにくくて敵《かな》わんな」

狭い建物の中を移動するには、邪竜の姿では都合が悪い。

そう判断したジークは、人間の姿に形を変えてやることにした。

「随分《ずいぶん》と久しいな。この姿に戻るのは」

変身したジークは、身長一七〇センチくらいの男の姿をしていた。

羽と尻尾《しっぽ》が残っている以外は、何処《どこ》にでもいる普通の青年と変わらない姿である。

魔族は『人間』と『魔物』の二つの性質を併せ持つ。

ジークは『魔物』の形態を好む魔族であった。


「クソッ！　覚悟をしろよ！　怪物が！」

「仲間の仇《かたき》だあああああああああ！」

敵の姿が変わって、恐怖心が和《やわ》らいだのだろう。

それぞれ銃を取った衛兵たちが反撃を試みる。


「ふむ。こんな感じか？」

退屈そうに呟《つぶや》いたジークは、人間の体のまま、尻尾を動かした。

一閃《いっせん》。スルリと伸びたジークの尻尾が衛兵たちの首を引き裂く。


「「ガッ……！」」

銃の引き金に手をかける間すら与えない神速の一撃だった。

僅《わず》かな抵抗することすら許さず、衛兵たちの体は吹き飛ばされる。

「待っていろ。黒猫。次はお前がこうなる番だ」

切断された衛兵たちの首を掌《てのひら》に摑んだジークは、血に染まる部屋の中で、宣戦布告を告げるのであった。


〜〜〜〜〜〜〜〜〜〜〜〜〜〜〜


それから。

突如として現れた、太古《たいこ》の魔族ジークの情報は、王都で急速に広まりつつあった。

通常、この街で事件が起きた場合は、近場で勤務していた騎士団員が駆けつけるのがルールとなっていた。

だが、相手が魔族とあれば、この例には当てはまらない。

事態を重く見た政府は、王都ミッドガルドの最高戦力である魔術結社クロノスを集結させようとしていた。

さて。

政府の命令を受けて、ナンバーズの中でも《上位メンバー》に数えられる男が二人、夜の街を駆け抜けていた。

「はぁ……。一体、いつ以来だ……。ナンバーズ全員に一斉招集がかかる事件なんてよぉ……」

背丈の高い方の男の名前をバルドーといった。

疾風のバルドー。

極東の地にあるアメツチを発祥《はっしょう》とする《忍術》を得意とする人物だ。

組織の中でナンバー【V《ゴ》】の地位を与えられた実力者である。

ここ、【ナンバーズ】の中でも武闘派として知られているバルドーは、過去にアベルと戦った経験がある数少ない現代魔術師であった。

「魔族！　魔族ですって！　超絶テンションぶち上がりますね！　先輩！」

もう一人、サングラスをかけた若い男の名前はクイナと言った。

貴公子クイナ。

現代魔術師の中では『最強』との呼び声が高い実力者だ。

年若くしてクロノスに所属したクイナは、最速でナンバー【Ⅲ】《サン》の地位にまで昇格した天才である。

「一体、何が嬉しいんだ。クイナよ」

「え～。だって、オレが魔族を倒したら、また、組織の中で出世しちゃうかもしれないじゃないですか～」

飄々《ひょうひょう》とした態度のままクイナは続ける。

「オレ、狙っていますんで！　ナンバーワンのポジション！　男に生まれた以上は、やっぱりナンバーワンを目指さないと意味がないと思うんスよね！」

「…………」

バルドーは思う。

この男の純粋さは、天性の才能が故のものなのだろう。

魔術師として、類《たぐい》まれなる才能を持って生まれたクイナは、敗北の二文字を知らない。

たとえ、相手が魔族であろうとも自分が負けることなど1パーセントも考えていないのだろう。


「はぁ……。まったく、若さなのかねぇ。オジサンにはお前さんの若さが眩《まぶ》しく見えるぜ」

「先輩は、そうやって覇気《はき》がないから、後から入ったオレに抜かされちゃうんですよ」

「うるせぇ。放っておけ」


魔術結社クロノスにおいて、与えられた数字は特別な意味を持つ。

バルドーに与えられたナンバー【Ⅴ《ゴ》】の数字は、クイナが持つ【Ⅲ《サン》】の数字よりも格下であることを意味していたのである。


「他の連中が来る前にサクッと殺《や》っちゃいましょう。手柄は独《ひと》り占《じ》めするに限るッスよ！」

「…………」

何処《どこ》までもポジティブなクイナとは対照的に、バルドーの表情は冴えないものであった。

（まったく、この非常事態にウチの隊長は何をやっているのやら……）

バルドーにとって気がかりなのは、数日前から隊長が行方《ゆくえ》をくらましていることであった。

クロノスの中でもナンバー【Ⅰ《イチ》】の数字を与えられたリオは、別格の存在とされていた。

古参メンバーであるバルドーは知っていた。

隊長のリオは、バルドーが入隊してから十年が経過しているにもかかわらず、年を取ることがなく少女の姿を維持しているのだ。

もしも組織の中にクイナを上回る魔術師がいるとしたら、リオくらいのものだろう。

組織のトップが不在の状況で、魔族が攻めてくる状況は、バルドーの危機意識を否《いや》が応《おう》でも煽《あお》っていたのである。

「ほら！　先輩！　ボケッとしてないで急ぎますよ！　どうやら、いけすかないエマーソンの部隊も近くまで来ているようですからね。あの陰キャ眼鏡《めがね》だけには、手柄を渡すわけにはいかねえッス！」

クイナは同じ組織に所属しているエマーソンのことをライバル視していた。

クイナが戦闘の天才であるとすれば、エマーソンは頭脳の天才であった。

クロノスが国際的な魔術組織として絶大な影響力を持つのは、二人の若き天才の功績によるものが大きかった。

「おっ！　あそこじゃないッスか！」

クイナが指さした先にあったのは、魔族が暴れた後と思《おぼ》しき瓦礫《がれき》の跡であった。今までに感じたことがない禍々《まがまが》しい魔力の気配だ。探している標的は直ぐ近くにいることが予想できた。

「よっしゃ！　オレが一番乗りで！」

「…………!?」

元気良く声を上げた瞬間、クイナは加速してバルドーの視界から姿を消す。そのスピードは、疾風の通り名を与えられたバルドーの眼から見ても異次元のものであった。

（ふっ……。何かにつけて、悪い方向に考えてしまうのはオレの悪い癖《くせ》だな。この男もまた、底知れない怪物……！）

たとえ相手が魔族であっても、現代が生んだ天才魔術師クイナであれば、後れを取ることもないだろう。

少なくとも、バルドーは今、この時まではそんなことを考えていた。

「へえ。お前が例の魔族か。初めまして。オレの名前はクイナ。こう見えて、正義の味方をやっているものさ」

仰々《ぎょうぎょう》しい台詞《せりふ》を吐くクイナに対して、ジークは冷ややかな目線を送っていた。

「脆《もろ》いな」

「ん……？」

「その上、酷《ひど》い慢心が見られる。有事に出てくる魔術師がこのレベルか。この時代の魔術師たちのレベルは、やはり著《いちじる》しく下がっているようだ」

この状況で敵の口上に付き合うのは得策ではないだろう。

今こうしている間にもライバルであるエマーソンの部隊が迫ってきているのだ。

そう判断したクイナは、敵の独り言を適当に聞き流すことにした。

「チッ……。ブツブツと五月蝿《うるさ》い野郎だな！　そんじゃあ、まあ、挨拶《あいさつ》代わりに消えてもらうぜ！」


クイナの武器は銃だ。

銃型の魔道具に様々な属性の『魔弾』を込めて戦うスタイルを得意としていた。

クイナは風属性の魔術を得意とする翡翠眼《ひすいがん》の魔術師だ。

だが、彼の特筆すべき点は、火・水・風の三属性の魔術をバランス良く使いこなせることにある。

それこそがクイナが、『現代が生んだ天才魔術師』と称される所以《ゆえん》となっていた。


「真撃《しんうち》・火炎連弾《バーニングブレット》！」


クイナが仕込んだ火属性の魔力を込めた弾丸は特別製だ。

標的に着弾した瞬間、高火力の爆発を引き起こす。


ドガッ！

ドガアアン！


クイナの弾丸が敵に命中した次の瞬間。

周囲に大爆発が巻き起こり、近くにあった建物を吹き飛ばしていく。

「おまっ……。バカ野郎！　これはやり過ぎだろ！　後で始末書を書かされることになるぞ！」

「ハハッ！　まぁ、敵は魔族ですからね。これくらいは許されるでしょう。免責っスよ。免責」

いかに敵が頑強であっても、これだけの爆発に巻き込まれては跡形も残らないだろう。

勝利を確信した二人の間には、一瞬の弛緩《しかん》した空気が流れていた。

「ふう……。なるほど。安心したぞ。この時代にも、多少は魔術を齧《かじ》った人間がいるようだな」

「「…………!?」」

だからこそ敵にまったくダメージがないことに気付いた時、二人は驚愕《きょうがく》のあまり呆然《ぼうぜん》とした。

こんな経験は初めてである。

底知れない敵の実力を目《ま》の当たりにして二人は、手足の震えを止めることができないでいた。

「真撃《しんうち》・氷結連弾《アイシクルブレット》！」

敵が生きていることに気付いたクイナは、続けて水属性の魔術を発動する。
牽制《けんせい》のための一撃だ。
まずは、氷の弾丸で敵の動きを止めて時間を作るつもりだった。

「遅いな」

次にジークの取った行動は、クイナを更に驚愕させるものであった。
その巨体からは想像もつかないスピードで、ジークは銃弾の隙間《すきま》を縫《ぬ》うようにして距離を詰めてきたのである。

「ほう。なかなかに面白い玩具《おもちゃ》だな。これは」

「…………ッ⁉」

いつの間にか武器を取り上げられていた。

クイナの持っている銃の魔道具を掴んだジークは、さっそく武器の構造を解析しているようだった。

「グッ……。天脚！」

足元に風の魔力を纏《まと》わせたクイナは空に向かって跳躍する。

クロノス社特製のブーツ型の魔道具だ。

この魔道具に風の魔力を通すことによってクイナは、高速移動を可能にしている。

クイナの優位性は、魔弾を利用した殲滅《せんめつ》力の高い魔術に加えて、風魔法を利用した機動力を兼ね備えていることにあるのだ。

「己惚《うぬぼ》れるなよ。小僧」

「んなっ……！」

たしかに距離を取ったにもかかわらず、気付くと回り込まれていた。

一体、いつから？　どうやって背後を取られたのか？

突如として窮地《きゅうち》に追い込まれたクイナは、絶望に暮れることになった。

「貴様程度の魔術師、二〇〇年前の時代には優に一〇〇はいた。ワシはその一〇〇を一人残らず殺してきたのだ」

ジークの言葉に嘘はなかった。

現代においては稀代の天才魔術師と称されているクイナであるが、二〇〇年前の時代においては『よくいるレベル』に過ぎなかったのである。

「フンッ！」

ジークの攻撃。

背後を取ったジークは、鋼《はがね》のように固い尻尾《しっぽ》を振り下ろす。

「アガッ――――！」

咄嗟《とっさ》に身体強化魔術によって、防御態勢を取ったが、ジークの攻撃は、それすらも優に貫くものであった。

攻撃を受けたクイナは、瞬く間のうちに意識を暗転させた。

「クイナ！」

間一髪《かんいっぱつ》のタイミングである。

バルドーは、地面に激突しそうになるクイナを寸前のところで抱きかかえることに成功する。

「ふんっ。仲間に助けられたか……。まあ、良い」

遥《はる》か高みから見下すようにしてジークは言う。

「貴様ら程度の魔術師、殺す価値すらない。ワシの狙いはただ一人、黒猫よ」

吐き捨てるように呟《つぶや》いたジークは、その場を立ち去る。

ジークが向かった先は、アベルたちのいる学園の方角であった。

「畜生《ちくしょう》……。最悪だ……。とんでもない事件だぞ……。これは……」

意識を失ったクイナを抱えたバルドーは、撤退を余儀《よぎ》なくされた。

「クソッ！　誰が勝てるんだ！　あんな化物！」

このまま戦ったところで勝てるビジョンがまるで見えない。
クロノスの古参メンバーであるバルドーの勘が告げていた。
ナンバーズを一斉に全員招集しないと話にならない。
いや、この国にいる魔術師全員を集めたところで、敗色は濃厚と言えるだろう。
それほどまでに戦力の差は歴然としているように見えた。

（ふっ……。オレとしたことが、ヤキが回ったか……。こんな時に思い浮かぶのが、あの、坊《ぼう》主《ず》の顔なのか……）

もしも、この世界に、あの魔族と対等に戦える人間がいるのだとしたら、いつの日か会った琥珀眼《こはくがん》の少年くらいのものだろう。

最後まで己の力の底を見せなかった『規格外』の少年、アベルであれば、あるいは、あの怪物とすらも互角に渡り合うことができるのかもしれない。

夜の街を駆け抜けながら、バルドーはそんなことを考えるのであった。

第六話

EPISODE 006

二〇〇年前の記憶

The reincarnation magician of the inferior eyes.

ふむ。どうやら今回の敵は、今までのものとはレベルが違うようだな。
魔族の気配だ。
これほど凶悪な魔力を放つ魔族は、俺のいた二〇〇年前の時代でも稀有《けう》なものであった。

「…………!?」

好戦的なやつだ。
どうやら敵がさっそく攻撃を仕掛けてきたようである。

「えっ……？」「なに……？」

咄嗟《とっさ》に俺は近くにいたエリザ、ノエルを抱きかかえて、飛ぶことにした。

肩で風を切りながら、建物の隙間《すきま》に向かって飛び込んで、敵の視界を切ってやる。

ドガッ！

ドガアアアン！

瞬間、背後から爆発音が聞こえてくる。

やれやれ。

この市街地のど真ん中で高火力の魔術を使ってくるとは常識のないやつだ。

「見つけたぞ。金色の黒猫」

俺を発見した魔族は、歓喜の感情が籠《こ》もった声音《こわね》で呟いた。

金色の黒猫か。

随分《ずいぶん》と懐かしい名前で呼ぶのだな。

この魔族は流石《さすが》に俺も覚えているぞ。

二〇〇年前に俺たち勇者パーティーが戦った魔族の内、最も苦戦した相手だ。

人間の姿を見るのは初めてであるが、この気配は過去の記憶と一致する。

名はジーク。

魔王軍に所属していた魔族の中でも武闘派として知られていた存在だ。

「この恨み！　片時も忘れたことはなかったぞ！　貴様に封印されていた二〇〇年は、ワシにとって最大の屈辱《くつじょく》だった！」

この魔族は、俺たち勇者パーティーにでも、完全に倒すことのできない魔族であった。

肉体的に殺すことができなかったので、封印という手段を用いて対処したのである。

「さて！　二〇〇年振りのリベンジといこうか！　黒猫！」

高らかに叫んだジークは、手の先から強烈な炎の魔術を発動する。

ふむ。

この攻撃は通常の防御魔術で防ぐことが不可能だな。

結界魔術、防御領域。

敵の攻撃に対応すべく、俺は黒眼属性の魔術を駆使して、目の前に結界魔術を出現させることにした。

この結界は、向かってくる攻撃のベクトルを変化させる結界である。

柔《じゅう》よく剛《ごう》を制す。

いかに強力な攻撃であっても力の方向を変化させれば、回避することは容易である。


ズゴオオオ！


瞬間、俺たちの視界は紅蓮《ぐれん》の赤色に染まる。

流石に少し熱いな。

結界の防御力を以《もっ》てしても、敵魔術の熱を完全に防ぐことはできなかったみたいである。

魔術で強化したはずの制服は、表面が軽く焼け焦げて、独特の臭《にお》いを放つ。


「「…………ッ！」」


敵の攻撃を目《ま》の当たりしたエリザとノエルは、唖然《あぜん》として立ち尽くしているようであった。

やれやれ。

こうして相対すると否《いや》が応《おう》にも昔の記憶が蘇《よみがえ》ってくるな。

その時、俺の脳裏《のうり》を過《よぎ》ったのは、二〇〇年前の時代のありし日の光景であった。


〜〜〜〜〜〜〜〜〜〜〜〜〜〜〜〜


魔術結社《宵闇の骸《カオス・レイド》》を脱退してから数年の月日が経過した頃。

色々な経緯により、俺は後に《偉大なる四賢人》と呼ばれる仲間たちを引き連れて『魔王討伐《とうばつ》』の旅に出ていた。

当時の魔族は、強大な力を誇り、人類にとって恐怖の象徴であった。

だが、かろうじて、人類と共生、バランスを取ることができていたのは、彼らが単独の行動を基本とする種族であったからに他ならない。

だがしかし。

魔族の中から『魔王』と呼ばれる存在が生まれてからは、状況は一変する。

統率《とうそつ》を取って『組織』として動く魔族を相手に人類は、徐々に追い詰められていった。

当初の下馬評では、俺たち人間は圧倒的に不利とされていた。

だが、前評判を覆《くつがえ》して、俺たちの快進撃は続いた。

いつしか俺たちは『勇者』と呼ばれて、人々からの『希望』として扱われるようになっていた。

魔王城に近づくにつれて、俺たち勇者パーティーと魔族たちの戦闘は激化していた。

後に『グランクォーツの決戦』と呼ばれる魔王軍の死闘が、勃発《ぼっぱつ》しようとしていたのである。

「フハハハハ！　矮小《わいしょう》な人間どもめっ！　我らが魔族の力を思い知るが良い！」

俺たちの前に立ちはだかった魔族の名前は、ギルティナと言った。

かつて《黄昏《たそがれ》の魔王》の参謀《さんぼう》役として側近を務めていた男である。

この日、ギルティナは部下である巨人の魔族の肩に乗って俺たちのことを見下ろしていた。

「絶望しろ！　勇者ども！」

ギルティナの命令を受けた巨人の魔族は、地面に向かって巨大な拳を振り下ろす。

瞬間、大地が震える。

地面はひび割れて、俺たちの周囲には亀裂が入っていく。

「アベルくん!?」「アベル先輩!?」

俺の身を案じる仲間たちの声がした。

なるほど。

敵の目的は、俺たち勇者パーティーの連携を断つことにあったのか。

魔将軍ギルティナの策略によって、俺たちパーティーは、ものの見事に分断されてしまった。


〜〜〜〜〜〜〜〜〜〜〜〜〜〜〜〜


それから。

俺たち勇者パーティーが魔族の策略によって、分断されてから暫《しばら》くの時間が経過した。

「……ぱい。……せんぱい。アベル先輩」

誰だろう。暗闇の中で、俺の名前を呼ぶ声がする。

「ハッ……！　もしかして、この状況は千載一遇《せんざいいちぐう》のチャンスでは！」

この間の抜けた声は、アヤネか。

かつて俺と同じ魔術結社《宵闇の骸《カオス・レイド》》のメンバーであったアヤネは、組織の崩壊後は、紆余《うよ》曲折《きょくせつ》を経て、俺たち勇者パーティーに同行することが多かった。

「んちゅううううううう〜〜〜〜〜〜〜〜〜〜！」

目を開くと、気色悪い表情で唇を近づけてくるアヤネの姿がそこにあった。

身の危険を察知した俺は、アヤネの額に向かって、力を込めたデコピンで迎撃することにした。

「んぎゃああああああああ！」

衝撃を受けたアヤネは、スカートのまま無様に地面を転がっていく。

「先輩！　うら若き乙女《おとめ》に何をしていやがりますか！」

ふむ。相変わらず、体もメンタルも頑丈なやつだな。

これだけピンピンしていれば、心配は不要だろう。

「アヤネ。状況は？」

何はともあれ、必要なのは、現在の状況を確認することである。

「むう。急に冷静にならないで下さい！　どうやら巨人の魔族ネフィリムの攻撃によって、私たちパーティーは分断されていたようですね。

地下には《転移の結界》が設置されていたようです。マリアさん、デイトナさん、カインくんは、別のエリアに飛ばされてしまったみたいです」

なるほど。

あの、老将に一杯食わされたわけか。

俺たち勇者パーティーは、それぞれ得意とする魔術が異なり、連携によって魔族たちを撃破してきたのだ。

つまりは、分断して戦力を削《そ》いで、戦局を有利に進めようという魂胆《こんたん》なのだろう。

「ところで、気になっていたのだが……。俺は気を失っていたのか？」

「いいえ。単に眠っていたみたいですね。先輩としたことが不用心にも程があります」

「……………」

返す言葉が見つからないな。

俺としたことが、戦闘の直後に眠りに落ちていたのか。

「アベル先輩は、頑張り過ぎなのですよ。少しは休んでおかないと、この先の戦いでは生き残れないですよ」

たしかに最近は、肉体を酷使《こくし》する展開が続いていたからな。

転移の結界に巻き込まれたタイミングで、睡眠のスイッチが入ってしまったのだろう。

「ウチのピー子ちゃんが近くに村を見つけたんです。マリアさんたちと合流する前に休憩《きゅうけい》していきませんか？」

ピー子ちゃんとはアヤネの魔術によって生み出された式神《しきがみ》である。

主に空からの偵察として用いられているものだ。

「いや。残念だが、悠長《ゆうちょう》なことを言っていられる余裕はないようだぞ」

「えっ……？」

この気配、人間のものではないな。

明らかに敵意を持った魔族のものである。

「なっ……。あれは……⁉」

アヤネも遅れて異変に気付いたようだ。

不審な気配を感じて空を見上げると、そこにいたのは魔王軍最強と呼び声の高い、竜の部隊だ。

敵魔族の数は優に二十を超えているだろう。

「お前と戦える日を待ちわびていたぞ！　黒猫よ！」

先頭を飛ぶのは、体長三メートルを超えようかという邪悪な竜の魔族であった。
これが俺とジークの出会い。
後に俺たちパーティーに決定的な亀裂を与える引き金となる出来事になった。

第七話

EPISODE 007

エマーソンの部隊

The reincarnation magician of the inferior eyes.

敵の猛攻を防御結界で防ぎながらも、俺は過去の記憶を思い起こしていた。

ジークは凶悪な魔族だ。

二〇〇年前の俺ですらも完全に倒すことができず、封印という手段を用いたのだ。

無敗を誇った俺たち勇者パーティーが唯一『完全に倒すことのできなかった魔族』と言って良い。

どうしてジークが現代に出現したのか？

不可解な点は尽きないが、現実に相対をしている以上、最大級の警戒を以《もっ》て応戦するしかないだろう。


「エリザ。ノエル。お前たちは逃げてくれ」

残念ながら今回ばかりは、味方を守りながら戦えるだけの余裕はなさそうである。

「アベルは何をするの!?」

「敵を穿《うが》つ。それができるのは、おそらく、この世界に俺だけだろう」

どうやら敵の狙いは、俺に対する復讐《ふくしゅう》であるようだ。

であれば、被害の拡大を防ぐためにも俺が出るより他はないだろう。

「フハハハハハ！　ワシが眠っている間に随分《ずいぶん》と小さくなったのではないか！」

ジークの攻撃。

炎の魔術を発動したジークは、掌《てのひら》の先から火炎玉《ファイアーボール》の連弾を目まぐるしく射出する。

ドガッ！

ドガガガアアアアアアアアアアアアアアアアアアアアアアアアアアアアア

アアアアアアアアアアアアアアアアアン！

むう。手数を重視した出鱈目《でたらめ》な攻撃であるが、一撃の威力が驚異的だ。

少しでも対応を誤れば即死級のダメージを負うことになるだろうな。

俺は防御結界の魔術によって、敵の攻撃方向を変化させながら、攻撃を回避することにした。

さて。

今は敵の実力と現在の俺の実力の差を見極めるのが最善だろう。

この時代に転生してからというもの『全力で戦う機会』というものに恵まれていなかったからな。

暫《しばら》くはウォーミングアップが必要になりそうだ。

「フハハハ！　どうした！　逃げてばかりでは埒《らち》が明かないぞ！」

とはいえ、様子見ばかりもしていられないか。

敵の魔術の火力は、普通ではないのだ。

戦闘が長引けば、街が焼け野原になるのも時間の問題だろう。

異変が起こったのは、俺がそんなことを思ったタイミングであった。

「もう大丈夫だぞ！　少年！　ワタシが来た！」

ふむ。どうやら俺以外にも魔術師が駆けつけたらしいな。

近くにあった建物から飛び降りて、突如として体格の良い男が現れる。

「我が名はブレイド！　秘密結社クロノスの中でナンバー【Ⅳ《ヨン》】の地位を与えられたものなり！」

やれやれ。なんだか妙な奴に絡まれてしまったな。

クロノスというと、エマーソンたちが所属していた組織か。

二〇〇年前に俺が潰した《宵闇の骸《カオス・レイド》》の後身となる団体である。

現代魔術師の中では、『比較的マシ』な人材を集めているようなのだが、今の状況では場違いな気がするな。

ブレイドと名乗る男は、全身ピチピチのボディスーツを装着した中年の男であった。

「か弱い少年を狙い撃ちにするとは！　卑怯《ひきょう》な魔族だ！　正義の鉄槌《てっつい》を下してやる！」

絶妙に野暮《やぼ》ったい決めポーズを取りながら、ブレイドは言う。

むう。どうやら、この男、何か致命的な勘違いをしているようだ。

別に、俺は一方的に襲われていたわけではなく、敵との間合いを測っていただけなのだけどな。

まあ、現代の魔術師に俺の戦略が理解できるはずもないか。

傍《はた》から見ると俺が敵魔族に狙われて、逃げ惑っているようにしか見えなかったのだろう。

「ロボ子。敵の足止めを頼んだぞ」

「スィ。了解しました」

ふむ。どうやら駆け付けた魔術師は、一人ではなかったようだな。

こちらの方は、まったく生物の気配がなかったので、気付くのが少し遅れてしまった。

ロボ子と名乗る魔術師は、機械の体を持った特異な姿をしている。

この女（？）の肩には、ナンバーⅧ《ハチ》の数字が刻まれていた。

「捕獲《ほかく》ネット、射出します」

ロボ子と名乗る魔術師は、小さなボールの形をした魔道具を射出する。

ボールの数は十数個にも及ぶだろう。

炸裂《さくれつ》したボールは、無数のネットに形を変えていく。

「むう……！」

突如として出現した捕獲ネットは、ジークの体を拘束《こうそく》していく。
反応できない速度というわけではなさそうだ。
だが、現代に蘇《よみがえ》ったジークは、おそらく魔道具に慣れていないのだろうな。
炸裂する魔道具の攻撃をモロに受けた。

「ふむ。奇妙な魔術だな」

攻撃を受けたジークは、一瞬、動きを止めた。
ジークが警戒感を露わにするのも無理はない。
俺にとっても、初めて見る種類の魔道具だ。
この魔道具には、高度で複雑な魔術式が施《ほどこ》されているのが分かる。
だが、この魔術式の書き方には何処《どこ》か見覚えがあるな。
小賢《こざか》しくて、なんとなく、鼻につくような魔術式の書き方だ。

俺の予想が正しければ、この魔道具の開発には、エマーソンが関わっているのだろう。

あの男のことだ。

おそらく今も何処かで、俺たちの様子を監視しているに違いない。

「ふふふ。面白い。実に面白い展開じゃないか！」

疑問に思って周囲の様子を見渡すと、やはりいた。

この男、色々な意味で期待を裏切らないやつである。

「生の魔族を実験台にできるチャンスが巡ってくるなんて幸運だぞ！　ボクの配下たちの力、試させてもらうよ」

メガネの位置を整えながら、エマーソンは独《ひと》り言《ごと》を吐いていた。

なるほど。

この二人は、エマーソンの手のかかった刺客《しかく》ということか。

敵一人に対して、クロノスのメンバー三人を用意しているということは、たいした手の込みようである。

「とうっ！」

敵の動きが止まったタイミングをチャンスと捉えたのだろう。

小気味のよい声を上げたブレイドは、周囲にあった建物の高さを超えるほどの大きなジャンプを繰り出した。

「クロノス社特製のヒーロースーツはパワーを十倍にする！　更にワタシのパワーは、並みの魔術師の十倍だ！　この意味が分かるか？」

スーツ型の魔導具か。初めて見るタイプだ。

先程のロボットと同じく、このスーツもエマーソンが手掛けたものなのだろう。

「今のワタシは一〇〇倍強い！　一〇〇倍キックだあああ！」

落下の勢いをそのままにブレイドは渾身《こんしん》のキックを繰り出した。

たしかに、威力に関しては『それなり』にあるようだな。

元々の使い手の実力も現代魔術師の中では、『かなりマシ』な部類である。

そこにスーツ型の魔導具の力が加わったことにより、まずまずの威力で攻撃ができるようになったようだ。


「くだらん」


だがしかし。

ブレイドが繰り出した渾身の一撃は、ジークに軽々と受け止められる。


「なっ――――!?」


力の差を示すために、あえて手加減をしているのだろう。

指一本で攻撃を受け止められることになったヒーロースーツの男は、ショックを受けて愕然《がくぜん》としている。

「ふう。前の奴もそうだったな。この時代の魔術師は何故、かくも弱いくせに自信満々と向かってくるのだ？　理解に苦しむぞ」


反撃とばかりにジークは、男の体を投げ飛ばす。

相手が悪かった、というより他はないな。

ジークは二〇〇年前の時代でも『災厄《さいやく》』と呼ばれる程の力を誇った魔族なのだ。

現代魔術師たちが、いかに工夫《くふう》を凝《こ》らしたところで立ち向かうことは難しいだろう。


「ぬおおおおおおおおお！」


高速で投げ飛ばされた男は、勢い良く建物に激突した。

即死というわけではなさそうだが、骨は粉々に砕《くだ》かれているダメージだな。

運良く生き延びてくれていると良いが、この状況では、あまり期待ができないかもしれない。


「おいおい……。なんということだ……。魔族の力というのは、これほどのものなのか！　研究対象として、実に興味深いぞ！」

何やらエマーソンは興奮した口調で身を乗り出している。

「彼の生体データを持ち帰れば、この業界に革命を起こせる！　素晴らしい！　最高のイノベーションじゃないか」

やれやれ。仲間がピンチだというのに不謹慎《ふきんしん》なやつだ。

他人の命よりも、自分の知的好奇心を満たすことが最優先というスタンスは、相変わらずのようである。

「こうなったら仕方がないな。ロボ子。遠慮《えんりょ》はいらないぞ。最初から最大火力で殲滅《せんめつ》しろ！」

「イエス。マイマスター」

エマーソンの命令を受けて動いたのはロボットの女だ。

戦闘能力の差は歴然としているように思えるのだが、一体、何をするつもりなのだろうか？

次の瞬間、女の取った行動は俺にとっても想定外のものであった。

「リミッターを解除します。バスターモードに移行中――」

女の肉体が変形した。

おそらく何らかの手段で外部からエネルギーを得ているのだろう。

ロボットの女が纏《まと》う魔力が急速に上がっていくのが分かる。


「標的を排除します。ファイアー！」


無機質な掛け声と共にロボットの女は、背中に出た砲台から攻撃を開始する。

レーザーによる攻撃だ。初めて見る魔術である。

火属性の魔術を応用して出力している。

こちらも現代魔術師の攻撃としては、『それなり』の威力を誇っているようだ。

単純な威力で比較をすれば、先程のヒーロースーツの男の攻撃と比べて、数倍の火力は出ていそうだ。


「ぬるい。欠伸《あくび》が出るぞ」

「…………!?」

反撃とばかりにジークは、魔術を発動する。

火炎玉《ファイアーボール》だ。

取り立てて特筆すべき点のない平凡な火属性の初級魔術である。

だが、基本的な火力が段違いだった。

ジークの放った火属性の魔術は、レーザー攻撃に向かって飛んでいく。

「バカな……。攻撃が押し戻されるだと……!?」

どうやらロボットの女の攻撃では、ジークの火炎玉《ファイアーボール》を相殺《そうさい》することすらもできなかったようだ。

勢いをそのままにジークの火炎玉《ファイアーボール》は、エマーソンとロボットの女に向かって飛んでいくことになった。

「ウグッ……!?」

慌てて防御結界を発動するエマーソンであったが、攻撃を完全に防ぐことは敵《かな》わなかったようである。

ドガッ！

ドガアアン！

瞬間、爆発音。

ジークの魔術が直撃した建物は、上半分を消失させて、強烈な爆風を引き起こした。

「バカな……！　ボクの成功率一〇〇パーセントの完璧《かんぺき》な計画《プラン》が……！」

流石《さすが》のエマーソンも二〇〇年前の時代で最強の力を誇った魔族の力までは、読み切ることができなかったようだな。

「ウグッ……。何故だ……！　こんなはずでは……！　ボクの計画は完璧だったはずなのに……！」

ふうむ。咄嗟《とっさ》に魔道具のシールドを発動して、致命傷を避けたか。

相変わらず抜け目のないやつである。

だが、それでもダメージを完全に防げたわけではない。

エマーソンの体は爆風によって、勢い良く吹き飛んでいったようだ。

この様子だと、戦うことのできる気力は残っていなそうだな。


「さて。まずは、残ったゴミを片付けておくとしようか」


無論、敵が生き残っていることはジークも気づいているようである。

地面を蹴《け》ったジークが向かった先は、崩れた建物に埋もれたヒーロースーツの男の所であった。


やれやれ。

俺が手を下すまでもなく、他の奴らが対処してくれるのであれば、面倒が省《はぶ》けると思っていたのだけれどな。

そう上手《うま》くはいかないということか。

このままいくとエマーソンたちのパーティーは、全滅することになるだろう。


「ふっ……。己の弱さを呪うのだな。人間よ」

「アガ……。アガガガ……」


敵の攻撃を受けたブレイドは、既に虫の息となっているようだな。

ギリギリのところで一命を取り留めることができたのは、おそらくスーツ型の魔道具で防御力が底上げされていたからなのだろう。

さて。

外野の連中が注意を引き付けている間に、敵を倒す準備が整った。

俺が出るより他はないようだ。

気配を殺してジークに接近した俺は、不意打ちを仕掛けてやることにした。


「錬成魔術《破剣》」


足元の建物の瓦礫《がれき》から精製して使った剣は、切れ味を最大限にまで強化した長剣である。

この剣は、二〇〇年前に俺が使用していた愛刀《無銘《むめい》》を模したものである。

武器として使用するのであれば、やはり手に馴染《なじ》むものが良いだろう。


「ぬっ……!?」

クロノスの連中が注意を引き付けてくれたおかげで、絶好のチャンスを獲得することができた。

俺は、建物の屋上から飛び降りて、勢いをそのままにジークの背面から心臓部に向かって、刀を突き刺してやることにした。

会心の一撃。

赤黒い血が舞い散り、ジークの攻撃の手が止まる。

「ぐっ……！　黒猫……！　小癪《こしゃく》な真似《まね》を……！」

ふむ。たしかに心臓を貫いたはずだが、この程度のダメージでは、命を奪うまでには至らないようだな。

「死に晒《さら》せ！」

反撃とばかりにジークは、刃のように鋭い尻尾《しっぽ》を向けてくる。

その速度には、まったく体力が衰えている様子が見られない。

だが、俺の方に気を向けることくらいはできたみたいだな。

俺は向かってくる尻尾を剣で弾いてやることにした。

「ふんっ！　このワシをそのような鈍《なまくら》で出し抜こうなど……。片腹痛いわ！」

やれやれ。厄介《やっかい》なやつだな。

二〇〇年前の時代から、驚異的な再生能力は健在のようだ。

心臓に開けた風穴は、既に大部分が塞《ふさ》がっているようであった。

「そらそら！　遅い！　遅すぎるぞ！」

怒り狂ったジークの猛攻が始まる。

懐かしいな。この感じ。

この俺と本気の戦闘が成立する生物は、二〇〇年前の時代でも、極めて稀《まれ》な存在であった。

ジークの特徴は、何と言っても、驚異的な再生能力だ。

どんなに超火力の魔術を使って、粉微塵《こなみじん》にしても、瞬く間のうちに、回復することができるのだ。

敵の魔力が切れるまで、再生能力を使わせることで、理論上は殺すことができるのだが、厄介なことにジークの潜在魔力量は、他の魔族たちの追随《ついずい》を許さない。

故に二〇〇年前の俺は、《封印の結界》を用いることで、この魔族を無力化することにしたのである。


「フハハハハハ！　どうした黒猫！　お前の力はその程度か！　もっとワシを楽しませろ！」


不可解だな。

ジークに施《ほどこ》した封印は、黒眼魔術の極致とも呼べる最高難度のものだった。

この魔術を解読できる魔術師は、俺の知る限り、まったくと言って良いほど存在していない。

一体、誰が？

何の目的で俺の施した封印魔術を解いたというのだろうか？


『ふえええええん！　アベル先輩！　怖かったですよおおお！』


その時、俺の脳裏《のうり》を過《よぎ》ったのは、かつて、組織で一緒に働いていた後輩の姿であった。

ふうむ。

あの女、アヤネであれば、あるいは、解読に至る可能性もあるのかもしれないな。

アヤネが現代に生きていることは、以前にアースリア魔術学園のイベントで修学旅行に行った際に知った事実である。

黒眼属性の魔術において、俺と肩を並べられるだけの才能を持っていたのは、あの女くらいのものであった。


「破ァッ！」


拮抗《きっこう》した戦闘の状況に痺《しび》れを切らしたのだろう。

俺は敵の攻撃が大振りになって、僅かだが隙《すき》が生まれたように感じた。

俺は単に敵の攻撃から逃げ回っていたというわけではない。

待っていたのは、この一瞬のタイミングであった。


「火炎連弾《バーニングブレット》！」


すかさず、俺はカウンターの一撃を試みる。

構築した魔術は、詠唱《えいしょう》スピードを重視した《火炎連弾《バーニングブレット》》だ。

単純な魔術であるが、俺が使えば、威力はそれなりになるだろう。

「ガハッ……！」

ふむ。直撃はしたようだが、傷は浅いな。

無論、この程度の攻撃では大した時間稼《かせ》ぎにもならないだろう。

だが、今はそれで充分だ。

今度は更に強力な魔術を構築する時間を作ることができた。

「超新星爆発《ビッグバン》！」

続けて俺が使用したのは、火属性魔術の中でも、最大級の威力を誇る《超新星爆発《ビッグバン》》の魔術であった。

ドガッ！

ドアアア

アアアアアアアアアアアン！

俺が魔術を発動した次の瞬間。
倒れたジークを中心として、高濃度の魔力爆発が巻き起こる。
周囲に生物の気配がないことは確認済みだが、建物にまで配慮《はいりょ》はできなかった。
結果、街のド真ん中には巨大なクレーターが出現した。

「あっ……。あっ、あっ、あっ……」

俺の戦闘を間近で目撃していて唖然《あぜん》としたのだろう。
近くにいたヒーロースーツの男は、あんぐりと口を開いたまま驚愕《きょうがく》しているようであった。

「し、信じられない……。あの怪物を圧倒している……だと……!?　キ……。キミは、何者だ……？」

自分が何者か、か。
この男、随分《ずいぶん》と哲学的な問いをしてくれるのだな。

「別に。名乗るほどのものじゃありませんよ。魔術学園の生徒です」

俺が二〇〇年前の時代から転生してきた魔術師だということは、今この場では打ち明ける必要のないことだろう。

「ハハッ……。なんということだ……。ワタシは悪い夢でも見ているのだろうか……?」

俺に助けられたヒーロースーツの男は、ブツブツと独《ひと》り言《ごと》を続けているようであった。

さて。

敵の肉体は粉々に爆破することができたようだが、依然として油断することはできない。

肉体は消失していてもジークの魂と魔力は、まだ、近くに感じられるのだ。

「フフフ……。やるではないか。黒猫よ」

やはり生きているか。

バラバラになったジークの肉片は、一箇所《かしょ》に集まり、肉体を再生させていく。

「流石《さすが》に人間の姿では勝負を挑んだのは、貴様を少し侮《あなど》り過ぎていたらしい」

不遜《ふそん》な言葉を口にした頃には、ジークの肉体は、すっかり完全に元通りになっているようだった。

「先に教えておこう。ワシはまだ二回の変身を残している。一つは魔族の姿。そして、もう一つは、まだ貴様にも見せたことのない『本気』のワシの姿だ！」

おそらくジークの言葉に嘘はないだろう。

魔族は人間と魔族の二つの姿を持つのだが、戦闘能力に関しては、魔族の状態の方が高いことが多いのだ。

本気の姿とやらは、ブラフにも聞こえるが、可能性としては十分に考えられる。

二〇〇年前、封印の魔術で勝負の決着が付いた時も、ジークは未だに奥の手を持っている様子だったのだ。

「さぁ。死の旋律を奏でてやろうか！」

人間の姿から、魔族の姿に変わったジークが攻撃を仕掛けてくる。
さて。ようやく敵を倒す準備が整った。
残念ながらジークの『本気』とやらを見る機会が訪れることはなさそうだな。

「これは……⁉」

ジークの行く手をネットが塞《ふさ》いだ。
先程、ロボットの女が使用していた捕獲《ほかく》ネットとかいう魔道具だ。
有効活用できそうなので、回収をして、トラップとして仕掛けてさせてもらったのだ。
俺が《超新星爆発《ビッグバン》》を使ったのは、敵を倒すためではない。
トラップを設置する時間を稼ぐためのものに過ぎなかったのである。

「貴様……！　図に乗るなよ！」

怒り狂ったジークが捕獲ネットの強行突破を試みてくる。
エマーソンが開発に携《たずさ》わっているだけあって、それなりに強度がありそうだ。

しかしながら、敵の力は想像を絶するものである。

今のままでは数秒後には、ネットは破れることになるだろう。

だが、この数秒が稼げれば、十分なのだ。

今度は敵を完全に攻略することのできる魔術を構築することができそうだ。

「お前の負けだよ。ジーク」

そこで俺が使用したのは、最近になって開発した黒眼属性の魔術の中でも最高難易度を誇るものであった。

「結界魔術発動、《無限領域》」

俺が魔術を発動した次の瞬間、黒色の結界が敵の周囲を取り囲んでいく。

この魔術の弱点は、発動にとにかく時間を要するということだった。

エマーソンたちのパーティーが時間を稼いでくれたおかげで、なんとか構築が間に合ったようである。

「ぬっ……！　また得意の小細工《こざいく》か！　焼き払ってくれる！」

異変を察知したジークは、強烈なブレス攻撃で結界を破壊しようと試みる。
だが、これは無駄な足掻《あが》きというものだ。
この領域には距離、時間、といった概念《がいねん》が存在しない。
全てを術者の意のままにコントロールすることができるのだ。

「なにっ……？」

ジークのブレス攻撃は、無限領域の中では、たちどころに消失することになった。
相手からすれば、絶望するより他はないだろうな。
この領域の中では、相手に反撃のチャンスを与えずに、一方的に封殺することができるからな。

「今度は、こちらの番だな」

手始めに俺は、足元に散らばっていた瓦礫《がれき》から剣を精製する。

敵との距離はザッと十五メートルといったところだろうか。
だが、どんなに離れていたところで関係がない。
この領域の中では、俺から与える攻撃は、全て『必中』となるのだ。

「ぐふっ⁉」

ジークの腕に鋭い斬走が走り、左腕が胴体と分離されていく。

「ここが貴様の墓場だ」

持ち前の再生能力は健在のようだが、こちらも関係ないことである。
この無限領域の中は、時間という概念が存在していない。
つまり、何度でも敵を斬りつけて、無限に近い敵の魔力を全て、枯渇《こかつ》させることができるのだ。

「見せてみろよ。貴様の二回目の変身、全力とやら」
「貴様……！　図に乗るなよ！」

高らかに吠えたジークの肉体は、瞬く間のうちに変形していく。

ふむ。これが正真正銘《しょうしんしょうめい》、ジークの全力。

邪竜としてのフルパワーの姿、第二形態ということか。

その全長は優に十メートルを超えているだろう。

無尽蔵の魔力を誇るジークが、その力を余すことなく発揮させた結果、桁違《けたちが》いの圧力を醸《かも》し出しているようだった。


「この力、貴様に受けられるか！」


結論から言うと、たしかにジークは強かった。

だがしかし。

ここから先の展開は、ワンサイドゲームと呼ぶに等しいものであった。

俺から相手に与える攻撃は全て必中となるにもかかわらず、敵からの攻撃は完全にシャットアウトすることができるのだ。

戦闘が長引くほどにジークの表情には、焦りが浮かんでいくのが分かった。

「な、何故だ……。何故、最強の魔族と称されたワシが人間なんぞに……⁉」


答えは明確だ。

たしかに二〇〇〇年前の時点では俺は、この魔族を単独で撃破することはできなかった。

だが、あくまでそれは過去の話である。

今の俺は強い。

現代の魔術を吸収して、俺は更なる成長を遂《と》げていたのだろう。

現在の俺の力は『全盛期並み』か、もしくはそれ以上なのかもしれない。


～～～～～～～～～～～～～～


それから。

一体どれくらいの時間が流れただろうか。

攻撃の回数が千を超えた頃から徐々にジークの回復力は衰えていく。

攻撃の回数が一万を超えると敵の再生が完全に途絶えた。

ふう。

手間はかかったが、ようやく倒すことができた。

こうして俺は、二〇〇年前から続く因縁《いんねん》を断ち切ることに成功するのだった。

第八話

EPISODE 008

カインと再会

The reincarnation magician of the inferior eyes.

それから。

無事にジークを倒した俺は、《無限領域》の魔術を解除して、領域の外に出ることにした。

結界の中で俺が過ごした時間は体感にして数日が経過していたのだが、外の世界では時間の流れが違うのだ。

この場所では、ほんの数秒の出来事になっているはずである。

「……ぱい。……アベル先輩」

誰だろう。何処《どこ》から、ともなく、俺の名前を呼ぶ声がする。

懐かしい声音《こわね》だ。

そう。俺は、この男の名前を知っている。

「カイン。お前だったのか」


声のした方に視線を移すと、そこにいたのは見覚えのある銀髪の青年であった。

男の名前はカイン。

かつて俺が所属していた《宵闇の骸《カオス・レイド》》の後輩だ。

組織の解散後は、勇者パーティーで行動を共にして魔王討伐《とうばつ》を成し遂げた旧友であった。


「お久しぶりです。アベル先輩」


懐かしい人物に会って、色々と腑《ふ》に落ちた。

なるほど。

ジークの封印を解いたのは、まず間違いなく、カインの仕業《しわざ》と見て間違いないだろう。

この男は、二〇〇年前の時代においても、唯一、俺と肩を並べることを許された『天才』と称された魔術師だ。

今まで俺の身に起きていた不可解な現象が、コイツの差し金だとすれば、腑に落ちるところがあった。

「安心しました。二〇〇年経っても、腕は落ちていないみたいですね。それでこそボクの永遠の好敵手《ライバル》です」


生意気な奴だ。

思い返せば、この男くらいだったな。

俺に対抗意識を燃やして、最初から最後まで、実力で超えようという気概《きがい》を失わなかった人間は。


「どうしてお前が生きている」


当然のように会話をしているが、カインは二〇〇年前に俺と同じ時を生きて、冒険を共にした仲間であった。

普通に考えれば、寿命《じゆみよう》でとっくに体は朽《く》ち果てているはずである。

「簡単なことです。ボクは不老不死の魔術を完成させました。これから先、ボクは老いることもなければ、死ぬこともないというわけです」

なるほど。

俺が転生魔術を完成させたのと同じように、この男もまた、不老不死の魔術で現代に生きる術を得ていた、というわけか。

「久しぶりにボクと手合わせ願えませんか。アベル先輩」

手にした薔薇《ばら》の花を俺の方に投げながら、カインは言った。

「断る。お前と戦う理由は何もない」

悪知恵の働くこの男のことだ。

俺のいない二〇〇〇年の間、様々な悪巧《わるだく》みをしていたのだろう。

だが、今の俺にとっては、関係のない話である。

この平和な時代で、平穏な日常を過ごすことができれば、俺は、それ以外は何も望まないのだ。

「ふふふ。先輩はそう言うと思いました」

不敵に笑ったカインは、パチリと指を鳴らす。

次に俺の視界に飛び込んできたのは、想定外の光景であった。

カインに呼ばれて、闇の中から現れたのは、見覚えのある黒髪の女であった。


「お呼びですか。カイン様」


彼女の名前はアヤネ。

二〇〇年前に俺が所属していた《宵闇の骸《カオス・レイド》》で知り合った後輩である。

アヤネは優秀な黒眼の魔術師だ。

その実力は、今よりも遥《はる》かに魔術師たちのレベルが高かった二〇〇年前の時代においても、最高クラスのものであった。

組織の解散後、アヤネは、俺たち勇者パーティーのサポートを行っていた。

アヤネもまた、カインと同じよう現代に生きている二〇〇年前の知り合いの一人であった。


「例の仕事は済ませたかい？」

「はい。カイン様に言われた通り、魔女の捕獲《ほかく》が完了いたしました」

「…………!?」

次の瞬間、俺の視界に入ったのは、想定していなかった最悪の光景であった。

やられたな。俺にジークをけしかけたのは、人質を取る時間を稼《かせ》ぐため、というわけだったのか。

アヤネの作った結界から現れたのは、この後、会う予定だったはずのリリスであった。

「アベル……さま……」

随分《ずいぶん》と手荒な真似《まね》をしてくれるのだな。

既に戦闘によってダメージを受けているのだろう。

磔《はりつけ》にされたリリスは、満身創痍《まんしんそうい》の様子であった。

いつでも殺せるようにアヤネの式神《しきがみ》である毒蛇たちが、リリスの四肢《しし》に絡みついている。

「もしもボクの要求が呑《の》めないのであれば、この女を殺します」

穏やかではない話だな。

だが、この男は冗談が通用するタイプではないのだ。

必要とあらば、他人の感情などお構いなしに、他者の命を踏みにじるだろう。

何だろう。胸の奥から込み上げてくる、この感情は。

怒り、か。

ここまでドス黒い感情は、久しく忘れていたような気がするな。

自分の中にこれほど『人間らしい感情』が残っているとは意外な気分であった。

「本当は今すぐにでも殺してやりたいくらいなのですけどね。この魔女はアベル先輩を堕落《だらく》させる。生かしておくには危険すぎる」

身勝手な言い分だ。

生かしておくには危険すぎる、か。

その言葉、そっくりそのまま返してやりたい気分である。

さて。雑談をしている間に目の前の男を殺す準備が整ったようだな。

無論、俺は戦闘中に昔話に付き合っていられるほど、呑気《のんき》な性格はしていない。

「無限領域」

俺が《無限領域》の魔術を発動した次の瞬間。

足元から黒色の結界が伸びていき、カインの肉体を領域の範囲内に取り込んでいく。

いかにカインが不死の能力を持っていたとしても、この領域の中に閉じ込めてさえしまえば、関係がないだろう。

「なるほど。この魔術が先輩の新技というわけですね」

既に結界の中に閉じ込められているのにもかかわらず、カインは余裕の表情を崩さないでいた。

ふむ。この顔は、何か企《たくら》みがあるようだな。

疑念を抱きつつも、俺は手にした剣で、カインの体を引き裂いてやることにした。

「無駄ですよ。この術はボクには効きません」

やはりそうか。

確実に体を引き裂いたにもかかわらず、カインの表情は平静そのものだ。

「先輩の手の内はお見通しです。ここにいるボクは本当のボクではありませんから。この体は直に消滅します」


ふむ。どうやらカインの言葉には嘘はないらしいな。

斬り伏せられたカインの肉体は、土に還《かえ》っているようだった。

この俺の眼を欺《あざむ》くとは、よくできた偽物《レプリカ》だ。


「ボクを殺したければ、追ってきてください。ボクたちの冒険が始まった、想い出の場所で待っていますよ」


それだけ言い残すとカインの肉体は、地面に溶けて消失していく。

やれやれ。なんとも身勝手なやつである。

あの場所、か。

カインが言っているのは、おそらく、俺たちの運命が大きく変わったあの場所を指して言っているのだろうな。

第九話

EPISODE 009

アベルの過去。《宵闇の骸《カオス・レイド》》の崩壊

The reincarnation magician of the inferior eyes.

それは今から二〇〇年前。

俺がまだ《宵闇の骸《カオス・レイド》》と呼ばれる魔術結社に所属していた時のことであった。

「ひぃっ！　来るな！　来ないでくれえぇぇ！」

時間や、場所は問わない。

血と煙の臭《にお》いのする場所が、俺の仕事場だ。

「おい！　コイツ、誰か止めろ！」

「このガキ！　なんて動きしてやがる！」

顔も名前も知らない人間を命じられるままに殺していくのが、新しい俺の仕事である。

何人殺したのかは、覚えていない。

十を超えるようになってからは、数えるのもバカらしく思えてきたからだ。


〜〜〜〜〜〜〜〜〜〜〜〜〜〜


さて。

本日の任務をこなした俺は、先輩から新しい指令を受けるために久しぶりに《宵闇の骸《カオス・レイド》》のアジトに戻ることにした。

俺たちのアジトが建てられた場所は、《幻想郷》と呼ばれる、世界的に見ても特異なエリアである。

魔力の濃度が高く、驚異的な速度で木々が生え変わるため、記憶を頼りに来た道を引き返す、ということが難しい。

別名『迷いの森』とも呼ばれるエリアだ。

出現する魔獣も高レベルのものが多いので、出入りが可能な人間は必然的に限られることになる。

不便な立地ではあるが、組織が身を隠すのには、おあつらえ向きの場所というわけだ。

さて。

迷いの森を抜けると田園風景には似つかわしくない近代的な建物が見えてくる。

ここが組織のアジトだ。

周囲には結界が施《ほどこ》されるため、部外者に発見される可能性は限りなくゼロに近いだろう。

「なぁ。聞いたか。新入りの噂《うわさ》！」

「ああ。例の銀狼のことだろう？　何でも、黒猫さんに次ぐ速度で、一等級に昇進したらしいぜ」

建物の中に入り、廊下《ろうか》を歩いていると組織の人間たちが、そんな噂をしているのを耳にする。

ここで言う『銀狼』とは新しく組織に入ったカインのことである。

組織は全ての隊員に対して、動物の名前の入ったコードネームを与えているのだ。

「ったく。ウチの組織は揃いも揃って化物ばかりだな。嫌になってくるぜ」

「まったくだ。オレたちも頑張らないといけないな。いつの日か、黒猫さんの下で働いてみたいぜ」

やれやれ。

まさか、その黒猫が隣を歩いているとは思ってもいないのだろう。

俺の場合、他のメンバーと一緒に行動することが極端に少ないので、あまり顔が割れていないのだ。

さて。

そんなことを考えながら歩いていると、覚えのある声が聞こえてくる。

「んぎゃあああ！」

この悲鳴は、アヤネか。

俺より一回り年上のアヤネであるが、階級は俺の方が高いこともあって、どういうわけか後輩という扱いになっていた。

「助けて下さい！　アベル先輩！　ワタシ、襲われているんです！」

俺の姿を見るなり、アヤネは縋《すが》るようにして意味深な言葉を口にする。

相変わらず意味不明なことを言うのだな。

この組織のアジトのド真ん中で、一体誰に襲われているというのだろうか。

さて。

そんなアヤネの背中を追いかける男がいた。カインである。

この男、カインは世にも稀《まれ》な『魔族に育てられた少年』であった。

魔族のアジトに囚われていたカインを引き取って以来、世話係をアヤネに任せていたのだよな。


「あ。アベル先輩」


襲われている、か。

たしかに現在は、そうとしか表現しようのない状況に見える。

アヤネの背中を追いかけるカインの手には、血塗られたナイフが握られていた。

カインが組織に入ってから、一年ほどが経過したか。

成長期を迎えたカインの身長は出会った頃よりも、一回り大きくなっているようだった。

「何をしている。カイン」

「はい。新しい魔術を開発するために、たまたま、若い女の生き血が必要になったんです。ですから、アヤネさんから分けてもらおうと思いまして」

　さもそれが自然なことのようにカインは笑う。

「冗談じゃありませんよ！　アベル先輩からも何か言ってあげてください！　この子は、加減をまったく知らないんですよ！」

　魔族に育てられていたカインは、良くも悪くも常識が欠落していた。

　純粋と言えば聞こえが良いが、この男は善悪に頓着《とんちゃく》がなく、目的のためには手段を選ばないのだ。

　興味を持ったことに対して全力に取り組む様子は、傍《はた》から見ると狂気を感じられることがあった。

「まぁ、研究熱心なのは良いことではないか」

「ですよね」

「んなあああっ⁉　酷《ひど》いですよ！　この甲斐性《かいしょう》なし！」

縋るようなアヤネの抗議はスルーしておく。

アヤネが相手であれば、多少の乱暴を働いても特に問題はないだろう。

この女は並外れてメンタルが頑丈なのだ。


「アベル先輩はグリム先輩のところに行くのですか?」

「ああ。任務完了の報告があるからな」


グリム先輩とは、俺が組織に所属した当初から世話になっている上司である。

普段は梟《ふくろう》の姿をして、素性《すじょう》を隠しており、詳しいことは分かっていない。

ただ一つ、確実に言えることは、この《宵闇の骸《カオス・レイド》》という組織はグリム先輩を中軸として、運営されている、ということであった。


「気を付けて下さい。あの人からはボクと同じ匂《にお》いを感じます。何か悪巧《わるだく》みをしているに違いありません」

「…………」


たしかにグリム先輩は、俺にとって信頼の置けない人物だ。

組織では世話になった恩はあるが、あの人が何を考えているのか、その真意は俺も計り兼ねているところではあった。

「え～。カインくんは考えすぎですよ。グリム先輩は、可愛《かわい》いし。悪い人ではないと思いますよ～」

俺たちの会話を耳にしたアヤネは、能天気な言葉を口にしていた。

カインの忠告は、前々から俺の感じているところであった。

グリム先輩は、俺たちには言えない『重要な隠し事』があるのだ。

組織に対する不信感は、俺も日に日に募《つの》らせているところだった。

俺は今日、グリム先輩に対して、とある重要な相談を持ち掛けようと考えていたのである。

～～～～～～～～～～～～～～～～

それから。

組織のアジトで事務作業を済ませた俺は、グリム先輩との待ち合わせ場所に向かうことにした。

「此度《こたび》の任務、御苦労であった。黒猫よ」

不意に木の枝が揺れたかと思うと、覚えのある声が聞こえてくる。

梟の姿をしたグリム先輩は、木の枝に脚をつけながら言葉を続ける。

「黒猫。そして新しく入隊した銀狼の活躍は、我々の耳にも聞き及んでいる。上層部の方々も嬉々として喜んでおられるよ。さて。それで次にお前に頼みたい任務だが――」

グリム先輩の言葉を待たずに俺は、胸のポケットから出した書類を投げつけてやることにした。

その書類は、俺が木に突き刺した『辞表』だった。

表に書かれた文字から事情を察したグリム先輩は、怪訝《けげん》な表情を浮かべた。

「これは何の真似《まね》だ?」

「見ての通りです。今日を以《もっ》て、俺は組織を抜けさせてもらいます」

「理由は?」

少し間を置いて俺は、前々から胸の内に秘めていた想いを口にすることにした。

「前に先輩は言っていましたよね。俺は魔術師としては一流でも、暗殺者としては二流だと。俺にこの仕事は向いていません。これからは魔術師として、己の研究に没頭する時間が欲しいのです」

その言葉は、俺の嘘偽りのない本音であった。

元々、俺が《宵闇の骸《カオス・レイド》》を目指した理由は、孤児院で出会った俺の育て親であるガリウス先生の影響を受けていたからだ。

当時の俺には『他に進むべき道』が見当たらなかったのである。

組織に所属していたことに対する後悔《こうかい》はない。

この組織で得た経験は、魔術師として俺を飛躍的に成長させてくれたのだ。

だが、組織にとどまっていても、これ以上、得られるものはないだろう。

ここから俺が『次のステージ』に上がるためには、組織を抜けることが不可欠だと考えていたのだ。

「脱退の際はカインも引き取らせてもらいます。アイツもそれを望んでいると思いますので」


責任感というと、少し語弊《ごへい》があるかもしれないな。

カインを独りにさせておくのは、危険な気がしてならないのだ。

魔族に育てられた弊害《へいがい》、という部分もあるのだろうな。

カインは人間として重要な部分が欠落している。

このまま俺の抜けた後の組織に預けておくのは、取り返しのつかない失敗を招くような気がしてならないのだ。

アヤネに関しては、まあ、独りでも元気にやっていけるだろう。たぶん。


「組織を抜ける、か」


俺の言葉を受けたグリム先輩は淡々とした口調で繰り返す。

驚きというよりも、何か落胆《らくたん》したかのような様子であった。


「その台詞《せりふ》を聞くのは、七回目だな。もう聞き飽きているのだよ。アベル」

「…………!?」

その時、俺の脳裏《のうり》に流れてきたのは『存在しない記憶』だった。

これは……。

そうだ。俺は過去にも組織を抜けるために、グリム先輩に相談をしたことがあった。

頭が痛い。

思考の記憶は、霞《かすみ》がかかったかのようにグチャグチャなものになっていく。

この混濁《こんだく》とした感じは、『記憶操作』の魔術を受けていた……のか……？

グリム先輩は、灰眼の魔術師だ。

俺の記憶を操り、恣意的《しいてき》に『駒《こま》』として利用しているのだとしたら、その可能性は十分に考えられる。

「人とは不思議なものだな。我の強さというのは、組織の和を乱すことのある一方、個々の成長の促進剤としては不可欠なものだ。私はキミの成長に期待をして、少し『我』を強く残し過ぎたようだ。アベル」

静かに、だが、たしかな気迫が込められた口調でグリム先輩は言った。

「だが、もう良い。もう良いのだ。キミはもう十分に成長した。これからは意思を持たぬ『傀《かい》儡《らい》』として、組織のために献身してもらうとしよう」

グリム先輩の気配が変わった。

戦うつもりだ。

その時、俺の脳裏に過《よぎ》ったのは、『存在しない記憶』である。

なるほど。どうやら俺は過去に六回、グリム先輩に勝負を挑んでは負かされてきたようだな。

その度《たび》に記憶を改変されて、組織にとって都合の良い駒として、利用されてきたのだろう。

「教えてやろう。誰が支配者なのか」

大きく翼を開いたグリム先輩が俺の方に向かってくる。

ここで迎え撃たなければ、俺は一生、組織の駒として囚われの人生を送ることになるのだろう。

「唸《うな》れ！　無銘《むめい》！」

そこで俺が使用したのは、《無銘》という名の愛刀であった。

別に武器を使う趣味はなかったのだが、《宵闇の骸《カオス・レイド》》の隊員は、組織から与えられる武器を何かしら携帯しなければならないという決まりがあったのだ。

この刀は、軽く、丈夫で、魔力を良く通す特殊金属で作られており、何かと使い勝手が良いので有り難く携帯させてもらっている。

無銘という名は、周囲が勝手に呼び始めたので使っている名前である。

どういうわけか組織から支給される武器には、何かしらの名前を与えなければならないという決まりが存在している。

俺が頑《かたく》なにそれを拒《こば》んでいると、いつしかコイツはそう呼ばれるようになっていたのだった。

シュパンッ！

俺に斬られたグリム先輩の肉体は、二つに引き裂かれた。

やけに軽い感覚が掌《てのひら》の中に残っている。

妙だな。

確実に仕留めたはずなのに、戦闘が終わったという気配が微塵《みじん》も感じられないのだ。

「なるほど。少しは腕を上げたようだな」

この声は後ろか……。
気付くと、俺の眼の前に巨大な怪物が立ちはだかっていた。
その全長は三メートルを超えているだろう。
そこにいたのは、周囲の砂を集めて作られた巨大な砂の人形であった。

「残念だが、キミにはワタシを倒せんよ。キミは覚えていないだろうが、少なくとも過去のキミたちはそうだった」

なるほど。
どうやら先程、俺が斬り伏せた梟は、単なる器《うつわ》に過ぎなかったようだな。
グリム先輩は、灰眼の魔術師だ。
おそらく己の魂を別の器に移し替える魔術を会得《えとく》しているのだ。
普段は梟の姿をしているが、戦闘時には、別の適した器に魂に移し替えるのだろう。

「さて。今日のキミは何回、ワタシを殺せるかな?」

グリム先輩の攻撃。

砂の怪物となったグリム先輩は、大きな腕を振り下ろしてくる。

巨大な体の割にその動きは意外なほどに俊敏であった。

俺は敵の攻撃を寸前のタイミングで躱《かわ》して、手にした刀で斬り落としてやることにした。


「なるほど。少しは成長したようだね。アベル」


ふむ。どうやら腕を斬り落とした程度では、まるでダメージを与えられないようだな。

たしかに切断したはずの砂人形の手は、即座に再生をしてしまうのだ。

このまま戦闘を続けても決定的なダメージを与えることは難しいだろう。

身体強化魔法発動――《解析眼》。

そう判断した俺は、敵の弱点を把握《はあく》するために《解析眼》の魔法を発動してやることにした。

なるほど。

どうやら心臓部にある核《コア》を破壊すれば、敵の体を崩壊させることができるようだな。

敵の攻撃を掻《か》い潜《くぐ》り、弱点を穿《うが》つ。

難易度の高いミッションであるが、俺であれば、不可能ではないだろう。

〜〜〜〜〜〜〜〜〜〜〜〜〜〜〜


そこから先は気の抜けない一進一退の攻防が続いていた。

勝負は互角、いや、常に俺の方が優勢に立ち回っていたのだ。

だがしかし。

ここにきて重大な問題が発生していた。

「ふふふ。流石《さすが》は金色の黒猫。ワタシが手塩にかけて育て上げた最強の駒《へいし》だ」

「…………ッ！」

砂人形に憑依《ひょうい》したグリム先輩は、『核《コア》』を破壊してバラバラにしても即座に生き返るのだ。

これが灰眼属性を極めた魔術師の力、というわけか。

灰眼の魔術師が琥珀眼《こはくがん》に次ぐ性能と評価されるのも頷《うなず》けるな。

「さて。次はもう少し出力を上げてみようか」

この敵の厄介《やっかい》なところは再生能力だけではなかった。

倒されて、復活を繰り返す度に『最適化』されて、戦闘能力を向上させてくるのだ。

心臓部の核《コア》を破壊したところで決定打にはなり得ない。

それどころか逆に俺の方が追い詰められる結果となっていた。

「ふう。これで死ぬのは七度目か。キミの成長には驚かされるよ」

やれやれ。

既に何度も倒しているはずなのだが、こうも簡単に復活されると気が重いな。

最初は優勢に始まった勝負であったが、徐々に形勢は悪化をしていった。

「さて。キミの考えていることを当てようか。ワタシの魔力切れを狙っているのだろう」

流石に読まれていたか。

どんな生物であっても、無限に復活する、ということは考えにくい。

魔力というのは、有限なのだ。

再生の魔術に魔力を消費する以上、このまま倒し続けることができれば、完全に消滅させることができるだろう。

「だが、残念だ。キミに『次』はない。この攻撃で決着を付けようか」

間違いない。

次の攻撃がグリム先輩の本気なのだろう。

「ふむ。この姿で戦うのは久しぶりだな」

七度目の復活を遂《と》げたグリム先輩の姿は今までとは少し様子が違っていた。

今までの形態と比べると体は一回り小さいが、威圧感は格段に増しているようだ。

これが砂人形の最終形態、究極の姿というわけか。

全身から無駄な肉を削《そ》ぎ落として、シャープで、研《と》ぎ澄まされたフォルムになっているようだった。

「さぁ。全てを受け入れろ。今日からキミは、ワタシのものとなるのだ！」

迅《はや》いな。

今までの動きとは段違いのスピードだ。

この一撃を防ぐことができなければ、俺はこのまま組織の飼い犬として人生を終えることになるのだろう。

もともと俺は、死にかけたところを先生に拾われていたのである。

一度は捨てた命だ。

今更、失ったところで未練はない。

先輩の言うように誰かの操り人形になることを受け入れるのも、悪くはないのかもしれない。


「ダメだ」


気付くと胸の内側から言葉が零《こぼ》れていた。

ここで俺が死んだら、残された仲間たちは、出会ってきた人たちの気持ちはどうなる。

その時、俺の中に芽生《めば》えたのは、『生に対する強烈な執着』であった。

俺は先輩を超える——。

ここに来るまでに出会ってきた人間たちの『想い』を無駄にしないためにも、全ての力をこの一撃に込めなければならない。

「むっ……⁉」

もしかすると、そんな俺の願いが通じたのかもしれない。

今までの攻撃の中でも最も力の籠《こ》もった攻撃を繰り出すことができた。

気が付くと、俺の刀は敵の心臓部を確実に貫いていた。

「驚いた。またもワタシの予想を超えてきたか……」

核《コア》を貫かれることになった先輩は、心底、意外そうに呟《つぶや》いていた。

ここまで追い詰めることは、『過去の俺』には出来なかったのだろう。

「少し、育て過ぎたか……。一度、体制を立て直す必要がありそうだ。組織にとって脅威《きようい》となる芽は、摘《つ》み取っておかなくてはなるまい」

最後に不穏な言葉を残しながらも、先輩の体はバラバラに崩れていく。

妙だな。

これまでの六回は、倒した次の瞬間には、復活の準備に移っていたのだが、今回に関しては一向にその気配が見られない。

逃げる気か……！

ここで仕留め損《そこ》なえば、勝負の形勢は逆転されるだろう。

俺には戦闘を継続できるだけの魔力が残っていないのだ。

対してグリム先輩は、組織の配下たちを好きなだけ呼び出すことができる。

敵の意図は理解したが、魂のみの状態になった先輩を追跡する術《すべ》は俺にない。

相手の使用する魔術は俺にとっては、未知のものであるのだ。

「助太刀《すけだち》しますよ。アベル先輩」

突如として聞き覚えのある声が聞こえてくる。

カインだ。どうやら俺たちの戦闘に気付いて駆けつけてくれたようである。

「はい。捕まえました」

「…………ッ!?」

カインが意味深な言葉を呟いた次の瞬間。

何も存在しないはずの空間に、ぼんやりと薄い輪郭《りんかく》が浮かび上がってくるのが分かった。

「お前、『視《み》える』のか？」

「ええ。前にも言いましたよね。この人、ボクと同じタイプの魔術師です。この人の魔術はボクも既に会得《えとく》済みですよ」

「…………」

驚いたな。

元々、灰眼の魔術に関する才能は、俺を上回るとも思っていたのだが、カインの成長速度は常軌を逸している。

「はい。これでおしまいです」

カインがそのまま掌をグッと握ると、ぼんやりと浮かんでいた輪郭が消失することになった。

魂を握り潰した、ということか。

これでグリム先輩も復活することはないのだろう。

「その様子だとアベル先輩も『視える』ようですね」

「ああ。お前のようにハッキリとは無理だけどな」

俺が、かろうじて視界で捉えることができたのは、カインが魂を握った後のことである。

カインがハッキリと存在を示してくれたことによって、どうにか確認することができたのだろう。

「大切なのは、死者を隣人のように愛することです。アベル先輩」

やれやれ。意味の分からないことを簡単に言ってくれるのだな。

灰眼の魔術は、他属性の魔術と比べて、段違いに奥が深く、難解な魔術だ。

俺にとっても未知な部分が多いのである。

異変が起きたのは、俺が、そんなことを考えていた直後のことであった。

むう。何やらアジトの方が騒がしいな。

非常事態を知らせるサイレンが、けたたましく音を上げている。

「大変です！　大変、大変、大変ですよ！　アベル先輩！」

アヤネの奴が顔色を変えて、俺たちの方に駆け寄ってくる。

「どうした。何があった」

元々、騒がしいアヤネであるが、今日はいつにも増して慌ただしい感じがするな。

「アジトの緊急自爆スイッチが作動してしまったんですよ！　このままでは数分後には、全てが木っ端微塵《こっぱみじん》です！」

んん？　これは一体、どういうことだろう。

俺の聞き間違いでなければ、何やら物騒な言葉が聞こえた気がするぞ。

「どういうことだ？」

「はい。以前に気になって、アジトのセキュリティ魔術プログラムをハッキングしたことがあったんですよ。どうやら私たちのアジトは管理者さんが死んだ場合、全ての証拠を隠滅するためにアジトが爆破されるような仕組みになっているみたいなんです」

なるほど。
俺たち組織は、政府から受けた依頼を秘密裏《ひみつり》に遂行《すいこう》することを生業《なりわい》としていた。
その存在は完全に秘匿《ひとく》されており、情報の統制は必要以上に厳格であったのだ。
組織に『万が一』の事態が発生した場合は、全ての証拠を隠滅する仕組みとなっていたのだろう。

「心配ですね。管理者さんの身に何かあったのかもしれません……」

管理者であれば、既に近くにある砂の山に変わっているのだが……。
それについて説明をすると長くなりそうなので、別の機会にすることにしよう。

「あの、アヤネさん？　アジトの中でのハッキング行為は、禁止されていたと思うのですが……」

「あ。言っておきますけど、この情報は口外禁止ですよ！　出来心だったのです。好奇心に負けてつい」

アヤネは簡単そうに言っているが、アジトのセキュリティはそう簡単に突破できるものではない。

むう。俺はこの女の力を少し侮《あなど》っていたのかもしれないな。

黒眼の魔術、中でも情報処理能力にかけては、俺を上回る才能を持っているのかもしれないな。

さて。残念ながら、長話をしていられるだけの余裕はないようだ。

タイムリミットまでの時間が差し迫っている。

爆発を直前に控えて、アジトの中の魔力エネルギーが急速に高まっているようだ。


「行くぞ。二人とも」


この場に留まっていれば、巻き添えを食らうことになるかもしれない。

兎《と》にも角《かく》にも、今は場所を移すことを優先しなくてはならないな。


「え？　行くって、何処《どこ》にですか？」

キョトンとした表情でカインは言葉を返す。

幼いカインは、まだ自覚がないのだろう。

いずれにせよ、直属の上司であった先輩を亡き者にしてしまった時点で、俺たちの居場所はここにはない。

おそらく、俺たちは『裏切り者』として、組織から追われる立場となるだろう。


「ここではない。何処かだ――」


俺たちは走った。まだ見ぬ未来を目指して。

この先に待ち受けている道は決して、平坦なものではないだろう。

だが、どんな困難が立ちはだかったとしても、コイツらとならば、切り抜けることができる気がする。

俺たちの中には、そんな確信が満ち溢《あふ》れていた。


～～～～～～～～～～～～～～

それからのことを話そうと思う。

晴れて組織を抜けて自由の身となった俺は、カイン、アヤネを連れて三人で冒険の旅に出ることになる。

この判断が、後に魔王討伐《とうばつ》に繋がるのだが、それはまた暫《しばら》く先の話である。

第十話

EPISODE
010

VS アヤネ

The reincarnation magician of the inferior eyes.

それから。

かつての仲間、カインと二〇〇年前振りの再会を果たした俺は、『とある場所』に向けて移動を始めていた。

カインが言っていた『想い出の場所』というのは、まず間違いなく《宵闇の骸《カオス・レイド》》のアジトが建てられていた《幻想郷》だろう。

王都から《幻想郷》までの道のりは、それなりに長く険しいものであった。

そこで俺が利用したのは、学園から借りてきたドラゴンだ。

名前は、レオンハルトという。

以前に学園のイベントでドラゴンライド研究会を訪れた時に出会った個体である。

この研究会で飼われていたドラゴンは、俺に懐いていたので、急遽《きゅうきょ》使わせてもらうことにしたのだ。

さて。

暫く飛行を続けていると、目的の場所が見えてくる。

「感謝するぞ。レオ。ここまででいい」

ここから先にあるのは俺個人の戦闘だ。
学園から借りてきた竜、レオンハルトを無関係な戦闘に巻き込むわけにはいかない。

「ギュオオオル！」

俺の、思い過ごしだろうか？
別れの言葉を告げてやると、老竜レオンハルトは心なしか名残惜《なごり》しそうな表情を浮かべているようであった。

さて。
レオと別れてから暫くすると、見覚えのある景色が見えてくる。
随分《ずいぶん》と懐かしい場所だ。
時代は流れたが、この場所だけは二〇〇年前から変わらないな。
暫く森の中を移動すると、やがて、建物が見えてくる。

この廃墟は元々《宵闇の骸《カオス・レイド》》のアジトだったものだ。

あの日の爆発に巻き込まれた影響か、建物の外観はすっかりと廃墟となっているようだった。


「待ちわびていましたよ。アベル先輩」


ふむ。

アジトの中には先客が一人いたようだ。

アヤネか。近くにカインはいないようだな。

どうやらアヤネは、一人で俺を迎え撃つ構えのようである。


「そこを退け。お前と戦う理由は何処にもない」


どうしてアヤネが現代に生きているのか？

その理由は俺にとって知る由《よし》もないことだ。

だが、現代にカインが生きているのであれば、なんとなく、察しが付く。

灰眼の魔術師であるカインの手によって、何かロクでもない延命の魔術を受けているのだろう。

「ふふふ。そうでしょうか？　ここを通りたければ、ワタシを倒して先に行くしか方法はないですよ？」

ふむ。どうやら軽口を叩いていられる余裕はあるようだな。

アヤネは黒眼の魔術師だ。

本来、黒眼の魔術師は、後方支援に特化したタイプと言われている。

特に一対一の戦闘は不得手《ふえて》とされているのだ。

俺が遅れを取る道理はないだろう。

「アベル先輩には見せたことがなかったですよね。ワタシの本気の魔術」

ふうむ。たしかに俺は、アヤネが本気で戦っている姿をあまり見たことがなかったな。

それというのもアヤネは元々、後方のサポート支援が主であり、前線で戦う役割を担《にな》うことが少なかったからだ。

「術式作動。全ての魔力を開放します」

アヤネが何事か言葉を発した次の瞬間。
建物の床の上に複雑な魔術式が浮かび上がる。
この感じ、既に俺は敵の領域《テリトリー》に招かれていたようだな。
「結界魔術発動、《式神領域》」
ふむ。たしかに、これは見たことのない魔術だな。
アヤネの開発した固有魔術のようだ。
「さあ。実験の時間ですよ」
アヤネが不敵に笑うと、俺の周囲は黒色に塗り潰したかのように変化していく。
随分と大掛かりな結界魔術だな。
この規模の結界を見るのは、初めてである。
おそらく数日掛かりで、術式を事前に仕込んでいたのだろう。

「この空間の中でのワタシの式神たちは魂を持ち、全ての攻撃は必中となります。アベル先輩。ワタシの本気、受け止めてくれますか?」

全ての攻撃が必中か。
おそらく最近になって俺が開発した《無限領域》に近い性質のものなのだろう。
まずは、お手並み拝見といこうか。

「式神魔術、弐《に》ノ型《鶴《つる》》」

アヤネが言葉を発すると、どこからともなく鳥の形をした式神が現れた。
二〇〇年前にも見たことのある魔術だ。
ただし、その形状は、より生物らしいものに変化している。

「千羽鶴の陣」

やけに数が多いな。
アヤネが作り出した式神の数は、実に数千羽を下らないだろう。

気付くと俺は、鳥の形をした式神たちに取り囲まれていた。

「全弾発射！」

指示を受けた式神たちが、一斉に俺に向かって飛んでくる。

俺は足元に風の魔力を纏《まと》わせて、敵の攻撃を躱《かわ》すことにした。

「無駄ですよ。この子たちから逃げる術《すべ》はありません」

なるほど。

この結界の中では全ての式神たちが、意志を持って、標的に向かって追尾してくるようだな。

全ての攻撃が必中という売り文句も、満更ハッタリというわけではないようだ。

「結界魔術発動、反転結界」

敵が結界魔術を利用するのであれば、こちらも利用するまでだ。

そう判断した俺は、敵の攻撃を撥《は》ね返す《反転魔術》で対抗してやることにした。

「無駄ですよ。この領域の中では、先輩はワタシに勝てません」

なるほど。この結界の厄介《やっかい》なところは追尾能力だけではないようだ。

敵の攻撃を弾き返したところで意味がない。

アヤネの攻撃には媒体《ばいたい》となる『折り紙』が必要だったのだが、この結界の中では無限に式神を召喚することができるようだ。

この状況では、攻撃を躱し続けることは難しそうだな。

気付くと、俺は逃げ道を完全に塞《ふさ》がれていた。

ドガッ！

ドガアアン！

俺に接触した式神たちは、たちどころに大爆発を引き起こした。

二〇〇年前の時代から変わらない。

アヤネの式神には起爆魔術が施《ほどこ》されているのだ。

「流石《さすが》は先輩。凄《すさ》まじい防御結界ですね」

間一髪《かんいっぱつ》のところで防御が間に合ったが、この状況が続くのは非常にまずいな。
爆炎で視界が遮《さえぎ》られている間にも、次々に新しい式神が召喚されているようだった。

「式神魔術、陸《ろく》ノ型《土竜》」

むう。空からの次は、地中からの攻撃か。
結界の破壊を諦めて、内側から攻撃を仕掛けてきたようである。
咄嗟《とっさ》に身体強化魔術を発動するが、ダメージを完全に防ぐことはできなかった。
致命傷は避けられたが、俺は両足に鈍いダメージを受けることになった。

「式神魔術、捌《はち》ノ型《毒蜂》」

やれやれ。この結界の中では、どうやら戦闘の主導権は敵の方にあるようだな。
見事、と言うより他にないな。

本来、攻撃には向かないとされている黒眼魔術を最大限に活用した戦術だ。

黒眼の魔術師の中で、俺と対等に戦うことができる人間は、二〇〇年前の時代にも他にいなかった。

だが、何だろうな。

この喉《のど》に小骨が刺さったかのような違和感は。

そう。

俺の知っているアヤネと、今この場にいるアヤネは、何処《どこ》か『異なる』気がしてならないのだ。

その時、俺の脳裏《のうり》に流れてきたのは、二〇〇年前の記憶であった。


〜〜〜〜〜〜〜〜〜〜〜〜〜〜〜〜〜〜〜〜


魔術結社《宵闇の骸《カオス・レイド》》を脱退してから数年の月日が経過した頃。

色々な経緯により、俺は後に《偉大なる四賢人》と呼ばれる仲間たちを引き連れて『魔王討伐《とうばつ》』の旅に出た。

当時の魔族は、強大な力を誇り、人類にとって恐怖の象徴であった。

だが、かろうじて、人類と共生、バランスを取ることができていたのは、彼らが単独の行動を基本とする種族であったからに他ならない。

だがしかし。

魔族の中から『魔王』と呼ばれる存在が生まれてからは、状況は一変する。

統率《とうそつ》を取って『組織』として動く魔族を相手に人類は、徐々に追い詰められていった。

当初の下馬評では、俺たち人間は圧倒的に不利とされていた。

だが、前評判を覆《くつがえ》して、俺たちの快進撃は続いた。

いつしか俺たちは『勇者』と呼ばれて、人々からの『希望』として扱われるようになっていた。

魔王城に近づくにつれて、俺たち勇者パーティーと魔族たちの戦闘は激化していた。

後《のち》に、『グランクォーツの決戦』と呼ばれる魔王軍の死闘が、勃発《ぼっぱつ》しようとしていたのである。

「フハハハハ！　矮小《わいしょう》な人間どもめっ！　我らが魔族の力を思い知るが良い！」

俺たちの前に立ちはだかった魔族の名前は、ギルティナと言った。

かつて《黄昏《たそがれ》の魔王》の参謀《さんぼう》役として側近を務めていた男である。

この日、ギルティナは部下である巨人の魔族の肩に乗って俺たちのことを見下ろしていた。

「絶望しろ！　勇者ども！」

ギルティナの命令を受けた巨人の魔族は、地面に向かって巨大な拳を振り下ろす。
瞬間、大地が震える。
地面はひび割れて、俺たちの周囲には亀裂が入っていく。

「アベルくん⁉」「アベル先輩⁉」

俺の身を案じる仲間たちの声がした。
なるほど。
敵の目的は、俺たち勇者パーティーの連携を断つことにあったのか。
魔将軍ギルティナの策略によって、俺たちパーティーは、ものの見事に分断されてしまった。

～～～～～～～～～～～～

それから。

俺たち勇者パーティーが魔族の策略によって、分断されてから暫《しばら》くの時間が経過した。

「……ぱい。……せんぱい。アベル先輩」

誰だろう。暗闇の中で、俺の名前を呼ぶ声がする。

「ハッ……！　もしかして、この状況は千載一遇《せんざいいちぐう》のチャンスでは！」

この間の抜けた声は、アヤネか。

かつて俺と同じ魔術結社《宵闇の骸《カオス・レイド》》のメンバーであったアヤネは、組織の崩壊後は、紆余《うよ》曲折《きょくせつ》を経て、俺たち勇者パーティーに同行することが多かった。

「んちゅううううううう～～！」

目を開くと、気色悪い表情で唇を近づけてくるアヤネの姿がそこにあった。

身の危険を察知した俺は、アヤネの額に向かって、力を込めたデコピンで迎撃することにした。

「んぎゃあああああああああ！」

衝撃を受けたアヤネは、スカートのまま無様に地面を転がっていく。

「先輩！　うら若き乙女《おとめ》に何をしていやがりますか！」

ふむ。相変わらず、体もメンタルも頑丈なやつだな。

これだけピンピンしていれば、心配は不要だろう。

「アヤネ。状況は？」

何はともあれ、必要なのは、現在の状況を確認することである。

「むう。急に冷静にならないで下さい！　どうやら巨人の魔族ネフィリムの攻撃によって、私たちパーティーは分断されていたようですね。

地下には《転移の結界》が設置されていたようです。マリアさん、デイトナさん、カインくんは、別のエリアに飛ばされてしまったみたいです」


なるほど。

あの、老将に一杯食わされたわけか。

俺たち勇者パーティーは、それぞれ得意とする魔術が異なり、連携によって魔族たちを撃破してきたのだ。

つまりは、分断して戦力を削《そ》いで、戦局を有利に進めようという魂胆《こんたん》なのだろう。

「ウチのピー子ちゃんが近くに村を見つけたんです。マリアさんたちと合流する前に休憩《きゅうけい》していきませんか?」

ピー子ちゃんとはアヤネの魔術によって生み出された式神《しきがみ》である。

主に空からの偵察として用いられているものだ。

「いや。残念だが、悠長《ゆうちょう》なことを言っていられる余裕はないようだぞ」

「えっ……?」

この気配、人間のものではないな。

明らかに敵意を持った魔族のものである。

「なっ……。あれは……!?」

アヤネも遅れて異変に気付いたようだ。

不審な気配を感じて空を見上げると、そこにいたのは魔王軍最強と呼び声の高い、竜の部隊だ。

敵魔族の数は優に二十を超えているだろう。

「お前と戦える日を待ちわびていたぞ！　黒猫よ！」

先頭を飛ぶのは、体長三メートルを超えようかという邪悪な竜の魔族であった。

「お前たちは、あの小娘の相手をしろ。しくじるなよ」

「「ハッ！」」

どうやら竜の軍勢は、二手に分かれて向かってくるようだ。

敵のリーダーは俺を狙い、その他の雑魚《ざこ》たちがアヤネを狙っているようだった。


～～～～～～～～～～～～～～～～


この戦闘は過去に例がないほどの苦戦を強《し》いられることになった。

相手は、当時の魔王軍の中でも最強という呼び声が高い『竜の軍勢』だ。

その大将であるジークは、俺が今まで戦ってきた魔族と比べて、ケタ違いの戦闘能力を誇っていたのである。

「ふっ……。やるではないか、人間よ。よもや、このワシと対等に渡り合う人間がいるとは思いもしなかったぞ」

戦闘はひたすらに均衡した状況が続いていた。

勝負の主導権を握っていたのは、間違いなく俺である。

だが、ジークの再生能力は無尽蔵であり、この能力に苦戦していたのだ。

「クッ……。流石《さすが》のアヤネちゃんも大ピンチですね」

アヤネも善戦しているようだが、敵の数が多すぎる。

雑魚とはいえ、同時に二十を超える魔族を相手にするのは、骨が折れるのだろう。

「ふふふ。ワシは知っているぞ。人間の弱点」

意味深な台詞《せりふ》を吐いたジークは、大掛かりな魔術の構築を開始したようである。

この攻撃で一気に勝負を決める気なのかもしれない。

「漆黒死槍《ブラックスピア》！」

ジークが呪文を唱えたその直後――。

夥《おびただ》しい数の黒色の槍が空中に浮かび上がった。

その数は、実に数千本を下ることはなさそうだ。

「果たして、この攻撃、貴様に耐えることができるかな？」

なるほど。
凄《すさ》まじい魔術であるが、捌《さば》ききれないレベルではない。

ザシュッ！　ズガガガガガガガガガガガガガガガガガガガガガガガガガガガガガガガガガガガガガッ！

俺は天高くより降り注ぐ無数の槍を避け続ける。
妙だな。
これだけの攻撃を仕掛けているにもかかわらず、敵魔族からは殺気が感じられない。
まるで俺の注意を逸《そ》らすためだけに魔術を発動しているようであった。

「…………!?」

その時、俺の脳裏《のうり》を過《よぎ》ったのは微《かす》かな『違和感』だった。
違う。この攻撃の目的は、俺にダメージを与えることではない。

『ふふふ。ワシは知っているぞ。人間の弱点』

攻撃を仕掛けてくる前のジークの台詞を思い起こす。

狙いは、後ろにいるアヤネか……！

振り返った時には、既に遅かった。

一本の槍が猛スピードでアヤネに向かって飛んでいく。

別の魔族と戦闘しているアヤネは、後方から飛来する敵の攻撃に気付くことができないでいた。

ザシュッ！

アヤネの背中に黒色の槍が突き刺さる。

「あ……れ……？」

背中を刺されたアヤネは、呆然《ぼうぜん》とした声を漏《も》らした。

鮮やかな赤色の血が地面に飛び散り、血だまりを作っていく。

「貴様ら、人間の弱点は『心』よ。同胞《どうほう》が殺された気分はどうだ？　もはや、まともに戦うことはできまい」

「………………」

そこから先の展開は、よく覚えていない。

今までに感じたことのない程の『怒り』を覚えたことだけは記憶している。

「バカな……。ありえぬ！　このワシが……！　人間風情《ふぜい》に遅れを取ることなど……！」

最後にジークが残した言葉だけは、かろうじて頭の片隅に残っている。

プライドの高さ故に『敗北』という現実を受け止め切れていない無様な最後であった。

「黙れ」

俺はジークを倒すことに成功した。

敵の再生能力に付き合っていられるだけの時間の余裕はなかった。

二度と蘇《よみがえ》ることができないよう『封印の結界』を用いたのだ。

だが、全てが遅すぎた。

俺が駆け付けた頃には、アヤネの体はすっかりと冷たくなっていた。

既に魂の剝離《はくり》が始まっていた。

この状態に陥《おちい》ってしまうと『蘇生《そせい》魔術』を用いて、回復させることも不可能だ。


「──────ッ！」


その時、俺の脳裏に過ったのは、いつの日か、仲間が殺された日の光景であった。

俺が《宵闇の骸《カオス・レイド》》に入る前の話だ。

異国の魔術師ハオランの手によって、地下の中で共に暮らしていた子供たちを惨殺《ざんさつ》されたことがあったのだ。


「また、守れなかったのか……」

霞《かすみ》がかかったかのように視界がぼやける。

感情がバケツをひっくり返したかのように、グシャグシャになっていくのが分かった。

〜〜〜〜〜〜〜〜〜〜〜〜〜〜

それから。

一体、どれくらいの間、冷たくなったアヤネの体を抱いていただろうか。

「先輩……。これは……」

カインが駆け付けてきたようだ。

おそらく別の場所で起きた戦闘を済ませてきたのだろう。

「辛《つら》かったですね。先輩」

一瞥《いちべつ》して状況を理解したカインは、全てを悟ったかのような言葉を投げかける。

「大丈夫です。その記憶、ボクの魔術で消去してあげます。貴方《あなた》はこんなところで立ち止まる人ではありません。先輩は誰よりも強くなければいけませんから」

含みのある台詞《せりふ》を口にしたカインは、呆然として地面に跪《ひざまず》いた俺の頭に掌《てのひら》を置いて、魔術を発動する。

記憶操作の魔術か。

おそらく、今の俺の精神状態では、この先の魔王城での戦いで、支障をきたすと判断したのだろう。

気付いた時には、俺の意識は暗転することになった。

〜〜〜〜〜〜〜〜〜〜〜〜〜〜〜〜〜

そうか。

たった今、全てを思い出した。

前々から、密かに疑問に思っていたことがあった。

それは、どうして、一緒に旅をしていたアヤネが《偉大なる四賢人》の一人として数えられていなかった？　ということだ。

アヤネは旅の途中で死んでいたのだ。

全ては、俺の力不足が招いた結果である。

「式神《しきがみ》魔術、玖《きゅう》ノ型、蜘蛛《くも》」


アヤネの式神が俺の手足を束縛《そくばく》する。

蜘蛛の糸を使った拘束《こうそく》の魔術だ。

この魔術そのものには威力はなさそうだな。機動力を削《そ》ぐことを目的とした魔術なのだろう。


「式神魔術、終焉《フィナーレ》、竜」


なるほど。

この攻撃がアヤネにとっての奥の手のようだな。

見事な造形の竜の式神だ。

その全長は優に十メートルを超えているだろう。

いかに防御魔術を発動したところで、この攻撃を躱《かわ》すことは、不可能と言って良い。


「追い詰めましたよ。アベル先輩。最後に何か、言い残すことはありますか？」

言い残したことか。

そんなもの、あるに決まっている。

ここにいるのが本物のアヤネであれば、言葉では語り尽くせないほどにな。

「お前、偽物《レプリカ》だろ？」

真っすぐに視線を合わせて、努めて淡々とした口調で告げてやる。

「はあ……？　突然、何を言っているんですか？　ワタシは正真正銘《しょうしんしょうめい》、本物のアヤネですよ。でなければ、こうして先輩を追い詰められるはずがありませんから！」

たしかに、たしかに、だ。

容姿、声音《こわね》、使用する魔術の練度に至るまで、ここにいるアヤネは、忠実に過去のアヤネを再現している。

驚異的な再現度だ。

一人の人間をこれほどまでに忠実に生み出す技術に驚きを禁じ得ない。

「これ以上、騙《かた》るな。本物のアヤネは、こんなに弱くなかったぞ」

「ふふふ。私の動揺《どうよう》を誘うつもりで言っているようでしたら無駄ですよ。ワタシは常に冷静《クール》です。二〇〇年前、貴方の背中を追っていた時のワタシとは違うのですよ」

本物と騙る存在が自分のことを偽物だと自白することはない。

これ以上の会話は無意味だろう。

「そうか。であれば、俺が証明しよう」

相手の構築した魔術を解析して、その対《つい》となる魔術構文を発動することで、相手の魔術を打ち消す技術を《反証魔術》という。

随分《ずいぶん》と時間がかかってしまったが、ギリギリのタイミングで間に合ったようだ。

パリンッ！

俺が《反証魔術》を発動してやると、周囲の結界がひび割れて、アヤネの操っている式神たちが元の折り紙に戻っていく。

「そんな……。どうして……」

全ての魔術を無効化されたアヤネは、唖然《あぜん》として表情を浮かべていた。

アヤネにとっては、計算外のことなのだろう。

反証魔術を発動するためには、相手の構築した魔術を完璧《かんぺき》に分析をして、その逆の構文を発動する必要がある。

通常、初見の魔術を無効化することなど出来るはずがないのだ。

「お前の魔術は手に取るように分かるさ。これでも十年以上、お前のことを見てきたんだ」

アヤネの思考、構築する魔術の癖《くせ》は、既に把握《はあく》している。

この女は『前世』の俺が最も長い時間を過ごした仲間だった。

だからこそ俺は、通常でありえないスピードで《式神結界》の魔術を解除することができたのだろう。

「すまないな。アヤネ。今まで、ありがとう」

もしも生きていたのであれば、彼女に心からそう伝えたかった。
今となっては叶わない願いだ。
本物のアヤネは、俺が別れの言葉を贈る間もなく殺されてしまったのだからな。

「今頃になって……。ずるいですよ。先輩」

俺の思い過ごしだろうか。
小さな声で呟《つぶや》いたアヤネの瞳から涙が流れたような気がした。

ピキピキピキ！

瞬間、アヤネの肉体は音を立ててひび割れ出した。
そして、いつの間にか空気の中に消えていった。
ふむ。
どうやら俺が直接、手にかけるまでもなかったようだな。

完璧に作った『偽物』であるが故の弱点だ。

おそらく、自らを『偽物』であることを認識したことにより、強烈な自己矛盾《むじゅん》を起こしたのだろう。

第十一話

EPISODE 011

VSカイン

The reincarnation magician of the inferior eyes.

何故だろうな。
戦闘に勝利したにもかかわらず、微塵《みじん》も嬉しいとは思えない。
ただただ、空虚な感情だ。
目の前にいたアヤネは『偽物』である点を除けば、限りなく『本物』であった。
だからこそ、虚しい気持ちが湧き上がってくるのだろう。

「流石《さすが》ですね。アベル先輩」

アヤネが消失してから暫《しばら》くすると、耳に覚えのある声が聞こえてくる。
カインだ。
この様子だと俺たちの戦闘の様子を何処《どこ》かで観察していたのだろう。

「そこにいる彼女は、ボクの作った『人形』の中でも最高傑作《けっさく》です。どうですか。お気に召して頂けましたか？」

この男、相変わらず他人の感情というものを推し量るのが不得手《ふえて》のようだな。

「心底、不愉快だ。人形遊びの趣味は、相変わらずのようだな」

「はい。おかげさまで趣味の方は、それなりに上達しました。思い出すなぁ。アベル先輩が初めて褒《ほ》めてくれたのもボクの死霊魔術でしたよね」

死者を操る魔術は、初めて会った時からカインが会得《えとく》していたものであった。

カインを組織の一員として、招き入れたのも、この魔術の完成度に非凡なものを感じたからだ。

「見てください。ボクが集めたコレクションです。アベル先輩も、きっと気に入ってくれると思いますよ」

得意気に語るカインは、地面に手を付けて灰眼属性の魔術を発動する。

土くれを素材として、新しい人形を作り始めたようだ。

得意の死霊魔術か。

新しく作られた人形たちの風貌《ふうぼう》には見覚えがあった。

やれやれ。

まさか、このタイミングで二〇〇年振りの再会を果たすことになるとは。

カインによって作り出されたのは、ロイ、マリア、デイトナ、の三人だ。

二〇〇年前に共に旅をした仲間たちの姿である。


「すまない。アベル。世界の平和のために消えてくれないか?」

「勝負よ！　アベル！　強くなったアタシを見せてあげる！」

「アベル君にはキツーい、お灸《きゆう》をすえてあげる必要がありそうだね」


とても癪《しやく》に障《さわ》る展開だ。

ここにいる三人は、容姿、声音《こわね》、雰囲気《ふんいき》、その他、細部に至るまで完璧に再現している。


「くだらん」

すかさず俺は、敵を制圧するための魔術を発動する。

黒眼系統の魔術を応用した重力の結界だ。

「「「ぐぎゃっ⁉」」」

相手は単なる人形だ。慈悲《じひ》はない。

これ以上、不快な気分を味わいたくはなかった。

強力な重力によって押し潰された三人の体は、バラバラの肉塊《にくかい》となり、即座に土の中に還《かえ》っていく。

「あーあー。酷《ひど》いことをしますね。二〇〇年前の仲間に向かって」

白々しい奴だ。

この三人を人形として、忠実に再現できるということは、三人の死体に細工《さいく》をして、遺伝子の情報を抜き取ったということなのだろう。

三人が自然死をしたのか、それともカインの手によって殺されたのか、今の俺に確認する術《すべ》はない。

この男の前で倫理《りんり》を語るのは、無意味というものだろう。

「聞いても良いか？　何故、俺を怒らせるようなことをする？」

「別に。大層な理由はありませんよ。ボクは先輩と遊びたいだけなんです」

あくまで淡々とした口調でカインは続ける。

「前に言った通り、ボクは不老不死の魔術を完成させました。けれども、永遠の命を得た代償として待っていたのは、底知れない退屈です。ボクはずっと飽《あ》いていたのですよ。先輩のいない、この世界に……」

随分《ずいぶん》と身勝手な言い分である。

だが、考えてみれば、この男は、昔から、こういう面があった。

俺たちパーティーの目的は魔王を倒すことにあったのだが、カインだけは、もっと別の目的を持って動いているようだった。

「少し昔話をしましょうか。ボクが見てきた、この世界について」

それについては少し気になるところであった。

不老不死の魔術を使用していたカインは、今、この世界の歴史の生き証人となっているのだろう。

「先輩が転生してから待っていたのは、人類同士の長い戦争でした」

カインが語り始めると、俺の眼の前には何やら当時の映像が出現する。

これに関しては俺も聞いていた話だ。

今から二〇〇年前、俺たち《偉大なる四賢人》は、この世界を支配する《黄昏《たそがれ》の魔王》を打ち倒して、世界に平和をもたらした。

問題が起きたのは、それから間もないタイミングだった。

魔王の統治していた領土を『どうやって分配するか？』という問題を巡り、人間同士で戦争が起こったのだ。

この戦争は一〇〇年にも渡り続くことになり、多くの犠牲者《ぎせいしゃ》を出すことになった。

「ボクは『人間』という生物が心底嫌いになりました。だってそうでしょう？　ボクたちは人間同士の醜《みにく》い争いを見るために世界を救ったわけじゃない」

共感できない話というわけではないな。

この戦争によって犠牲になった人間の数は、《黄昏の魔王》の統治下で犠牲になった人間の数と比べて遥《はる》かに多いものだったらしい。

命を懸《か》けて守った世界で、戦争が起こるのは複雑な心境だったのだろう。

「だからボクは、世界中にいる偉い人たちを人形《ともだち》に変えて、戦争を止めることにしたんです。ボクたちの目指した『平和な世界』を実現するために」

ふうむ。これに関しては初耳だな。

だが、まあ、考えられない話ではないか。

カインの『死体を操る魔術』があれば、国家の政治を操り、コントロールすることもできるのだろう。

「生きている人間は、本質的に愚かな生物なんです。何があっても過去の過ちを反省しない。傲慢《ごうまん》で、無力。そのくせ自己主張だけは人一倍うるさくてね。嫌になってきます」

この辺りの価値観は、カインの根源的なものなのだろう。

家族を殺されて、魔族に育てられたカインの価値観は、常人の理解には及ばないところがあった。

「アベル先輩。一つ提案があるのですが……。ボクと一緒に世界を作り替えませんか？　ボクの目指す理想の世界では、琥珀眼《こはくがん》の魔術師だって、決して差別されることはないんですよ」

子供の頃から変わらない純粋な眼差《まなざ》しを向けてカインは言う。

世界の変革か。

俺にとっては、まるで興味の湧かない話である。

カインにとっては、この世界すらも、子供の頃に与えられる『玩具《おもちゃ》』のような存在なのだろう。

「断る。お前に協力する理由は何処《どこ》にもない」

今の俺の目的は、転生後の世界を平穏に過ごすことにある。

平和な世界を築くためとはいえ、カインのやり方には、賛同できないところが多い。

「そうですか。であれば、仕方がありません。最後の人形《トモダチ》となるのは、貴方《あなた》のようですね。アベル先輩」

やれやれ。

どうやら戦闘は避けては通ることができないみたいだな。

「来いよ。久しぶりに遊んでやる」

交渉は決裂した。

不肖《ふしょう》の弟子に教育するのも先輩の務め、ということだろう。

「ふふふ。そう言ってもらえると思いました」

あどけない笑顔を見せたカインが、魔術の構築を開始する。

カインは灰眼の魔術師だ。

その中でも特に得意としているのは、死者を操る魔術である。

この分野に関してカインを上回る魔術師は、遥か未来に渡り、不生であるだろう。

「酷《ひど》いよ。アベル。やはりキミをパーティーから追放したのは正解だったみたいだね」

カインの魔術によって、蘇《よみがえ》ったのはロイであった。

先程、重力の魔術で押し潰したばかりだというのに復活が早いな。

「暴風撃《テンペスト》！」

蘇ったロイが構築したのは、風属性の魔術の中でも最高難易度のものであった。

ザシュッ！

ズガガガッ！

俺の周囲には無数の風の刃が飛来して、地面を抉《えぐ》ることになった。

「アタシも戦う！　アベルを止められるのは、アタシたちだけだもん！」

「待っていてね！　アベルくん！　今、目を覚まさせてあげるから！」


続けて土の中からマリアとデイトナも復活をしたようだ。

復活した二人はそれぞれ得意属性の魔術を発動する。


「紅蓮砲撃《フレアバスター》！」

「白銀世界《スノーワールド》！」


炎と水。

二つの強力な魔術がぶつかり、大爆発が巻き起こる。


ドガッ！

ドガアアアン！

厄介《やっかい》だな。

どうやらカインは、蘇らせた人間の『戦闘能力』まで完璧《かんぺき》に近い状態でコピーできるようである。

二〇〇年前の時代、三人の戦闘能力は、それぞれ、俺と比べて劣っていた。

だが、あくまでそれは総合的な戦闘能力に関しての話である。

それぞれの得意系統の魔術で比較をすると、俺よりも、三人の能力の方が秀でていたのだ。


「火炎葬槍《グングニル》！」


とはいえ、このまま防戦一方というわけにはいかない。

そこで俺が使用した魔術が、灼眼属性魔術の中でも、取り分け構築難易度の高い《火炎葬槍《グングニル》》であった。

今回の《火炎葬槍《グングニル》》は、極限まで威力と弾速を高めた特別製である。

「紅蓮の刃《インフェルノブレード》」

「――――ッ!?」

マリアが呪文を唱えた次の瞬間。

俺の目の前に巨大な炎の刃が出現する。

シュパンッ！　俺の発動した魔術は、マリアが作り出した炎の魔剣によって引き裂かれた。

「どうかしら？　アタシの魔術は？」

厳しい状況だな。

灼眼属性の魔術を使わせれば、マリアの右に出る者はいなかった。

同系統の魔術で対抗しようとすれば、俺が遅れを取ることが必至だろう。

「ふふふ。ボクは知っていますよ。先輩の弱点。万能の眼《ジェネラリスト》であるが故の致命的な弱点」

俺の弱点か。

あまり認めたくないところではあるのだが、たしかに今回のような特殊なケースでは浮き彫りになってくる。

俺の持つ琥珀眼《こはくがん》は、万能の属性を操れる一方で、それぞれの魔術において、特化型の眼に少しだけ劣るのだ。

仮にマリアの火属性魔術の適正値が一〇〇パーセントだとするのであれば、精々俺は九〇パーセントといったところか。

他のメンバーに関しても同様である。

劣等眼か。

今にして思えば、的《まと》を射《い》た言い方なのかもしれないな。

個々の属性においては、俺の眼は、それぞれの得意系統を極めた魔術師たちには敵《かな》わないのである。


「さぁ。先輩。次の人形《ともだち》になるのは貴方《あなた》ですよ」


どうやらカインの目的は俺を殺して、人形として傍に置いておくことにあるらしいな。

カインは死体を操ることに長《た》けた魔術師だ。

俺の死体から記憶を抜き取り、意のままに操ることは容易なのだろう。

今ここにいる三人のように、な。


「くだらん」

さて。反撃の準備は整った。
俺は事前にセットしていた魔術を発動してやった。

「「「…………ッ!?」」」

俺が魔術を使用した次の瞬間。
カインの配下となった三人の動きが止まる。

「何をしている！　敵は目の前だぞ！」

人形たちが思い通りに動かなかったことが想定外だったのだろう。
これほど取り乱したカインを見るのは、随分《ずいぶん》と久しぶりな気がするな。

「えっ……。アタシ、何をして……？」
「どういうこと……？　仲間同士で戦って何の意味が……？」

俺が発動した魔術は、相手の肉体にダメージを与えるようなものではない。

仮にダメージを与えたとしても、カインが直ぐに修復してしまうだろうからな。

「なるほど……。記憶操作の魔術ですか。してやれましたね」

御名答。先程のアヤネとの戦闘で学習させてもらった。

カインの作り出した人形たちは、完璧な再現度を誇るが故に『自己矛盾《むじゅん》』を起こすとバグが発生するという欠点があった。

どうやらカインは、『俺を敵として認識』するように記憶を作り変えて、人形を作っていたようだ。

だから俺は記憶操作の魔術を用いて、三人を正気に戻してやることにしたのである。

「グッ……。オレたちは一体、何をしているんだ……！」

正気を取り戻したことによって、自己の一貫性を保つことができなくなったのだろう。

完璧に作った『偽物』であるが故の『弱点』だ。

自我を保つことができなくなった人形たちは、自ずと瓦解《がかい》したようである。

「流石《さすが》ですね。それでこそアベル先輩です。ボクの飽くなき渇《かわ》きを満たしてくれるのは、貴方だけです」

人形が倒されたにもかかわらず、あくまで余裕の態度を崩さずにカインは告げる。

「いつまで余裕でいる気だ？　次はお前が消える番だぞ」

「…………」

カインに刀を向けながら宣言してやる。

実のところ、俺はずっと後悔《こうかい》していたのだ。

二〇〇年前、この男を正しき方向に導いてやれなかったことを。

「ふふふ。良いでしょう。見せてあげますよ。二〇〇年間、貴方が眠っていた間にどれだけ力の差がついたのか」

不敵に笑ったカインの右腕は、異形《いぎよう》のものに変化していく。

間違いない。

この右腕から感じられる気配は、二〇〇年前の時代に戦った魔獣のものである。

「これがボクの理想を体現した究極の肉体《からだ》です」

宣言をしたカインは異形の腕を振り翳《かざ》す。

迅《はや》いな。

灰眼の魔術の使い手は『自己治癒能力《ヒール》』に加えて『身体強化魔術』を得意としている。

琥珀眼に次いで灰眼が『最強の眼』と称されるのは、単体で『攻撃』と『防御』の魔術を両立させることができるからだ。

シュパンッ！

だが、この程度の攻撃であれば、対応できないレベルではない。

俺は伸びてくる腕を手にした刀で斬り伏せてやることにした。

「――――ッ!?」

直後、少し驚くべきことが起きた。
たしかに切断したはずの腕は、瞬時に再生することになったのだ。
「やりますね。ですが、この攻撃はどうですか？」
ふむ。今度は左右両方の手を変形させてきたか。
先程よりも、遥《はる》かに密度の高い攻撃だ。
通常の身体強化魔術のみでは、この攻撃を捌《さば》き切ることは難しいだろう。
一瞬で勝負を決めるのが得策だ。
俺は足元に風の魔術を纏《まと》わせて、カインの攻撃を掻《か》い潜《くぐ》って、手にした刀を振り抜く。
「────ッ！」
会心の一撃。
肩から胴体にかけて、骨ごと断ち切った感触があった。
普通の人間であれば、即死級のダメージである。
だがしかし。

完全に致命傷を与えたにもかかわらず、カインは即座に肉体を再生しているようだった。

「なるほど。これもダメですか。流石はアベル先輩です。相変わらず、化物じみた戦闘能力ですね」

やれやれ。

この男にだけは化物と呼ばれたくはないな。

今、カインが使った魔術は灰眼属性の中でも最も基本的な『治癒《ヒール》』の魔術である。

この男は、灰眼属性の初歩とも呼べる魔術で、切断された肉体を完全に再生させてみせたのだ。

「次は少し本気を出しましょうか」

不敵に笑ったカインの背中からは漆黒《しっこく》の翼が生えてくる。

ふうむ。

おそらくカインは自らの肉体に様々な『魔獣の細胞』を埋め込んでいるのだろう。

力を開放する度《たび》にカインの姿は、徐々に人間の形からは離れていくようだった。

～～～～～～～～～～～～～～～～


それから。

俺とカインの死闘は続いた。

勝負の形勢は、今のところ互角だ。

だが、どんな攻撃を与えてもカインの肉体は即座に再生をするので、決定打となるような一撃を与えることはできないでいた。


「言ったはずですよ？　ボクは《不老不死》の魔術を完成させたと。先輩の攻撃は全て無意味なのですよ」


たしかに今のカインを倒すのは、相当に骨が折れるかもしれない。

この男は驚異的な回復魔術を保有している。

加えて、魔獣の細胞を用いて、自己治癒能力を底上げしているようだ。

ジークを倒した時のように《無限領域》の魔術を発動させることができれば、完封することができるかもしれないが、あの魔術は、構築に時間がかかりすぎる。

敵の意表を衝《つ》かなければ、成立しない魔術だ。
既に手の内を明かしてしまっているカインには通用しないだろう。

「さぁ。終焉《フィナーレ》といきましょうか」

先手を打ったのは、カインであった。
カインの攻撃が加速した。
どうやら一気に勝負をつける気である。

「はい。捕まえました」
「————ッ！」

凄《すさ》まじい猛攻である。
異次元のスピードで迫りくる無数の腕を、避け続けることができなかった。
俺は異形となったカインの掌《てのひら》に摑まれた。

「安心してください。苦しいのは一瞬ですよ。先輩はボクの傍で、永遠に生き続けることになるのですから」
なるほど。
どうやらカインは、今の攻撃で完全に俺を上回ったつもりでいたらしい。
だがしかし。
カインの余裕は、捕まえたはずの俺の肉体が土に変わった瞬間に消えていく。
「これは……ボクの魔術……!?」
御名答。
この魔術は先程カインが使っていた土くれから人体を錬成する魔術だ。
即席で模倣した魔術だったので、姿を似せる以上の機能を付けることは難しかった。
だが、どうやら一瞬の隙《すき》を作ることはできたようだな。
背後を取った俺は、すかさず手にした刀で反撃を繰り出した。
「無駄ですよ。その技はボクには効きません」

果たしてそれはどうだろうな。

単なる斬撃では時間稼《かせ》ぎにもならないのは承知の上だ。

「絶対零度《アブソリュートブリザード》」

続いて俺が使用したのは、碧眼属性の魔術の中でも最高クラスの威力を誇る《絶対零度《アブソリュートブリザード》》であった。

生憎《あいにく》と俺の狙いは、敵の体を破壊することではない。

敵の肉体を細胞ごと壊死《ネクローシス》させることにあったのだ。

「グッ……。この魔術は……！」

ふむ。ようやく効いてきたようだな。

ある一定の体温を下回ると細胞が死滅していくのは、あらゆる生物が保有する不変の共通点である。

優秀な回復能力も細胞ごと破壊されてしまえば無意味だろう。

氷点下百度を下回る冷気を送り込まれたカインの体は、ピキピキと音を立ててひび割れていく。

「終わりだ。カイン」


この世界に転生してから、俺はずっと後悔《こうかい》していたのだ。

カインには大切なことを教えてやることができなかったから。

今の俺であれば、カインが誤った道に進んでいくことを、止めることができたのかもしれない。

現代で得た経験というのは、いつの間にか俺にとって、それほどまでにかけがえのないものになっていたのである。


「火炎連弾《バーニングブレット》」


急速に冷凍した細胞は、炎で熱することによって完全破壊が可能となる。

俺の魔術は、限界まで鍛錬を積んだ特化型《スペシャリスト》たちには及《い》ばない。

であれば、発想を変えて、万能《ジェネラリスト》の眼である強みを活かすべきだろう。

「クッ……。侮《あなど》っていた……。これがアベル先輩の力というわけか……！」

体を灰に変えながらもカインは、最後にそんな言葉を残す。

さて。ここからが肝心《かんじん》だ。

おそらくカインは、殺したくらいで殺せるような人間ではない。

それは他でもない俺が一番良く理解していることである。

（こうなったら『奥の手』を使うしかないようですね……！）

どこから、ともなくカインの声が聞こえてくる。

その瞬間、世界が揺れる。

ズガッ！

ズガガッ！

凄まじい魔力の暴走だ。

大地はひび割れ、まともに立っていることが難しくなってくる。

周囲に散らばっていた瓦礫《がれき》が、次々に俺に向かって飛んできた。

俺には分かる。

魂のみの姿となったカインが最後の反撃に移ったようだ。

この男は肉体を失っても魂が消失しない限りは、何度も復活することができるのだ。

かつての宿敵『グリム先輩』と同じように、な。

おそらく、今の攻撃は、別の器《うつわ》に魂を移し返すための『時間稼ぎ』をしているところなのだろう。

見つけた。

よくよく眼を凝《こ》らして観察をしてみると、ぼんやりと輪郭《りんかく》が浮かんでいるのを確認することができた。

『大切なのは、死者を隣人のように愛することです。アベル先輩』

その時、俺の脳裏《のうり》に過《よぎ》ったのは、いつの日かカインから聞かされた言葉であった。

やれやれ。

気付かない間に俺も魔術師として成長していたというわけか。

どうやら俺は、二〇〇年前には捉えることができなかった人間の魂を、目視することができたようだ。

「永久に眠れ。カイン」

振動を続ける足場の悪い地面を蹴《け》り、飛んでくる瓦礫を避け続ける。
魂となったカインに近づいたタイミングで、俺は手にした刀でカインの魂を引き裂いた。

ザシュッ！

確実に引き裂いた手応えが残っている。
魔術とは奥深いものだな。
いつの日か受けたカインのアドバイスが役に立った。
どうやら俺は、灰眼の魔術の練度を上げたことによって、今まで干渉することができなかった死者の世界に、触れられるようになったようだ。

「バカな……。このボクが……敗れるというのか……!?」

いかにカインが灰眼の魔術の天才といっても、肉体と魂を同時に失ってしまえば、打つ手はないようだな。

先程まではたしかに目の前にあったはずの『魂の輪郭』は、たちどころに姿を消すことになった。

「クッ……。このボクが……！　究極の肉体《からだ》を手に入れたはずなのに……！　こんな、はずではああああああああああああああああああああああああ！」

魂となったカインの悲痛な断末魔《だんまつま》の叫びが響き渡る。

さよならだ。カイン。

お前は道を違えていたよ。

本来であれば、俺がもっと早く、正しき方向に導いてやれれば良かったのだけれどな。

ようやく分かった。

俺が二〇〇年後の、この世界に転生してきた意味が――。

カインは俺が育ててきた魔術師たちの中で、最高の天才にして、最悪の天災であった。

その暴走を止めることが、現代に転生してきた俺にとって、最大の責務だったのだろう。

こうして俺は二〇〇年前に残してきた未練を断ち切ることに成功するのだった。

エピローグ その後の日常

EPILOGUE

The reincarnation magician of the inferior eyes.

それからのことを話そうと思う。

あの日、俺がカインを倒してから数日の時が過ぎた。

どうやらカインが倒れた影響というのは、俺が想像していたよりも遥《はる》かに大きなものであったらしい。

あの戦闘の後は、暫《しばら》く世間は大きな混乱に陥《おちい》っているようであった。

『隣国クルドレア、政府高官の数名が行方《ゆくえ》不明。調査は一向に進展せず』

売店に並べられていた新聞の見出しには、そんな言葉が躍っていた。

どうやらカインが戦闘の最中にしていた与太話《よたばなし》は真実であったようだな。

曰《いわ》く。

カインは世界各国の権力者たちを殺害して、都合の良い人形に変えることによって、世界を意のままにコントロールしていたらしい。

カインが死んだことによって、操っていた人形たちが消失――。

世間はその対応を迫られることになったのだろう。

俺から言わせると、カインは決して『善人』というわけではなかった。

けれども、皮肉なものだな。

結果として、俺が転生した後の二〇〇年の間、この世界は長期に渡って平和を保っていたのだ。

カインの支配が消えた以上、ここから先の二〇〇年は、人類にとって苦難の歴史となるのだろう。

だが、まあ、過ぎたことを後悔《こうかい》しても仕方がない。

たとえ、この先、どんな困難が待ち構えていたとしても、少なくとも俺はカインの作った『偽りの平和』にいるよりも健全であると信じることにしよう。


～～～～～～～～～～～～～～～


さて。

時間は更に進行して、五年後のことになる。

季節は初春。

春と呼ぶには、少し肌寒い時期だ。

学園の通学路には、新しい『出会い』と『別れ』を想像させる桜の花が芽吹《めぶ》こうとしていた。

「卒業おめでとう。アベルくん。キミの新しい門出を盛大に祝福しようじゃないか！」

俺は晴れてアースリア魔術学園を卒業した。

今現在、俺はエマーソンに花の冠を頭の上にのせられていた。

卒業か。

実のところ、あまり実感がないのだよな。

それというのも俺は二年生に『授業免除』の権利を獲得して、学園の研究室の中に籠《こ》もり切りの生活を送っていたからだ。

「ふふふ。学園を卒業した以上、『君付け』で呼ぶのは馴《な》れ馴《な》れしいか。これからは『若社長』と呼んだ方が良いのかな？」

「却下《きやっか》だ」

学園の在籍中に、俺は新しい会社を設立した。

それというのも、この平和な時代で金を稼《かせ》ぐには、自分で会社を興《おこ》すのが手っ取り早いと考えたからである。

これは以前から自覚をしていたことではあるが、どうやら俺は他人の下で働く、ということに向いていない性格のようだ。

学園を卒業した後は、小さな会社の社長として、この世界で生きる糧《かて》を得ていくつもりである。


「例のプロジェクトの進捗《しんちょく》はどうなっている？」

誠に遺憾《いかん》ながら、現在、このいけすかない男は、俺のビジネスパートナーだ。

前々から新しい魔道具のアイデアはあったのだが、大量生産するための設備を用意するのは学生の俺には不可能である。

そこで俺は、クロノスと協力をして、自分のアイデアを世に出すために協力をしてもらうことにしたのだった。

「ふふふ。おかげ様で、予約は絶好調みたいだよ。アベル君。やはりキミは最高の魔道具開発者の素養があるよ。ボクの予想が正しければ、この製品が世に出ると、世間の常識は、ひっくり返ることになるだろうね」

今現在、話題になっているのはクロノス社と共同開発している『新型の通信機』のことだ。

「しかし、だ。この製品、可及的《かきゅうてき》速《すみ》やかに名前の変更をオススメするよ。タッチパネル搭載型の携帯通信ディスプレイ、は、いくら何でも固すぎる！　マーケティング的にありえないよ！」

「知らん。そういうのは興味がない。お前が勝手に考えてくれ」

新しい魔道具の開発と聞いて、最初に思い浮かんだのは通信機であった。

今までにも通信機という概念《がいねん》がないわけではなかったのだが、持ち運びに不便で操作性が悪く、世界に対する普及率が低かった。

俺の開発した『タッチパネル搭載型の携帯通信ディスプレイ』は、既存の通信機器の弱点を補った『改良版』である。

この魔道具は既存の通話機能の他にある。

個人が魔道具にアクセスすることによって、様々な情報を得ることができるようになっているのだ。

この製品が世に普及すれば、琥珀眼《こはくがん》に対する偏見も多少は改善される……かもしれない。

「そう言えば、イーロン社長から連絡があったよ。少し気が早いんだけど、VER2の開発にも今すぐ着手してほしいってさ。今作っているのは、予約分だけで完売する勢いらしいからね」

イーロンとは、以前に修学旅行のイベントの際に戦ったクロノス社のナンバー2のポジションにいた男である。

現在、あの男はクロノス社の代表に昇格したらしい。

それというのも前の代表者が、カインが失踪《しっそう》したのと同じタイミングで姿を消したらしいのだ。

これについては心当たりがないわけではないのだが、余計な詮索《せんさく》はしないことにしている。

「というわけで、さっそく打ち合わせといこうじゃないか！　VER2に実装したい機能をまとめてきたんだ」

ドサリと書類をテーブルの上に置きながら、エマーソンは鼻息を荒くする。

やれやれ。

生憎《あいにく》と今日は『他に予定がある』のだけれどな。

とはいえ、エマーソンがヤル気になってしまっている以上は仕方がない。

約束の時間のギリギリまで、付き合ってやることにしよう。


～～～～～～～～～～～～～～～～～～～～


さて。

エマーソンと別れた後、俺が目指したのは、古代魔術研究会の部室であった。

今日は長らく世話になっていた『古代魔術研究会のメンバー』と卒業後の打ち上げパーティーをする予定となっていたのだ。


「師匠《ししょう》！　卒業おめでとうッス！」


部室に着くなり俺に声をかけてきたのは、テッドである。

この五年間で、テッドは逞《たくま》しく成長した。

身長は一八〇センチに迫るくらいにまで伸びている。

魔術師としての腕も、現代魔術師の中では、かなりのものだと思う。

ただ、一点。

順風満帆《じゅんぷうまんぱん》に見えたテッドであったが、現在は大きな問題を抱えていた。

「うう……。自分の分まで、社会に出て活躍してほしいッス！」

テッドは留年して、まだ、学園の五年生だ。

実技の方は何ら問題なかったのだが、学力試験で引っかかってしまったのだ。

俺もテッドが試験に合格できるよう協力したのだが、残念ながら力及ばず――。

気まずい結末を迎えることになってしまった。

まあ、この悔《くや》しさをバネに来年こそ頑張ってくれるだろう。たぶん。

この男の場合、今までの人生が上手《うま》く行き過ぎていたからな。

今回のことは、テッドにとって良い試練となるだろう。

「ザイルさんと一緒に来年、リベンジを誓うッスよ！」

一年生の時に同じクラスに所属していたザイルはというと、テッドと同じタイミングで留年が決定している。

学力試験は問題がなかったのだが、実技試験の方で引っかかってしまった。

二人とも良くも悪くも半人前――。二人揃って、一人前だった、ということだろう。

だが、まあ、これは仕方のないことなのだ。

アースリア魔術学園が腐っても名門校と呼ばれるのは、厳格な試験制度によるものだからな。

全体の割合としては、ストレートで卒業している生徒の方が少ないくらいなのである。


「五年か……。あっという間だったわね」

「ん……。この部室とも、今日でお別れ」


テッドとは異なり優秀なエリザとノエルは、当然ストレートで卒業している。

ノエルは入学した当初から、エリザは三年生の時から『授業免除』の権利を獲得して、俺の仕事をサポートしてくれていた。

エリザとノエルは、俺が作った会社で魔術師として力を積みたいと申し出てくれた。

だが、これは丁重に断った。

今のところ俺の会社は、人手を欲していないので、二人の成長に適さないと考えたからだ。

代わりに紹介したのは、魔術結社クロノスだ。

何かと胡散臭《うさんくさ》い組織ではあるが、現代の魔術師たちにとっては登竜門となっているらしいからな。

エマーソンには、二人を危険な仕事を与えないよう釘を刺しているので、まあ、大丈夫だろう。


「アベル。例の約束、覚えているわね？」

「ああ。一応な」


エリザの言う『例の約束』というのは、クロノスで実績を認められるようになったら、俺の作った会社（登録法人名『黒猫ギルド』）に入社する、ということであった。

同様の約束はノエルとも交わしてある。

クロノスのような大手を捨てて、ウチのような弱小企業に入りたいとは、奇特な奴らである。


「アベルに近づけるよう頑張らなきゃ……！」

「ん。ご先祖様が成就《じようじゆ》できなかった恋を成就させる……！」


エリザ、ノエルの二人は、それぞれ、独《ひと》り言《ごと》を呟《つぶや》いているようであった。

何やら、凄《すさ》まじい情念を感じるな。

二人が何を考えているのか、気になるところではあるが、これについては深く掘り下げないでおくことにしよう。

「あ。そう言えばリリスさんも今年限りで退職なんスよね」

二人から放たれる只事《ただごと》ではない雰囲気《ふんいき》を感じ取ったのだろう。

機転を利《き》かせたテッドが、話題の転換を図ってくれたようである。

「はい。おかげさまで。ここにいる皆様には、本当に大変お世話になりました」

リリスが教師をしていた理由は、俺が学園に在籍していたから、という部分が大半を占《し》めているようだったからな。

俺が学園を卒業する以上、教師を続ける理由もなくなってしまったのだろう。

「ちなみに次の就職先って決まっているんスか！」

むう。どうやらテッドが『禁断の質問』をしてしまったようである。

できれば、この質問は、控えてほしかった。

こうなってしまった以上、リリスに気を遣ってもらうしかないだろう。

（おい。リリス。適当にやり過ごすぞ）

（…………）

小さな声で合図を送るが、リリスは笑顔のまま俺の合図を受け流す。

間違いない。このリリスの表情は何か、悪巧《わるだく》みをしている時のものである。

「ええ。実は、この度《たび》、私は結婚することになったのです」

「「「────ッ!?」」」

やりやがったな。この女。

リリスの発言を受けて、部室に集まったメンバーたちは、唖然《あぜん》としているようだった。

「相手は誰なんスか!?」

嫌な予感がするな。
この女、まさか、このタイミングで打ち明ける気か。

「アベル様です♡」

ピタリと体を寄せながらもリリスは言う。
集まった人間たちにアピールする意味合いもあるのだろう。
俺に対する呼び方も学園内での『君』から普段使いの『様』に替えている。

「「〜〜〜〜っ⁉」」

部室の中にいた人間たちの間に衝撃が走る。
中でもエリザとノエルが、今まで見たことのないくらい表情を崩しているようであった。

「そ、そんな……。二人は血の繋《つな》がった姉弟なんスよね⁉」

テッドからしたら驚きを通り越して、恐怖を感じる展開なのだろう。

幼少の頃より過ごしていた近所の姉弟が結婚の報告をするのは、軽くホラーである。

「いいえ。ごめんなさい。テッドくん。嘘を吐いていました。実は私たち二人は、姉弟というわけではないのです」

「「えええっ～～～～！」」

やれやれ。

できれば、この秘密は墓場まで持っていきたいところだったのだけれどな。

学園を卒業した後、俺はリリスと結婚をするつもりだ。

別に結婚などという俗な制度には興味はなかったのだが、この国では、配偶者《はいぐうしゃ》がいた方が税制面の優遇や、公的な補助を受けやすいらしいのだ。

今後の会社経営を考えても、結婚という選択肢《せんたくし》を取るのは、合理的な判断と言えるだろう。

「そんな……。アベルが結婚……!?」

「やられた……。意外な伏兵が身近にいた……!?」

先程までの情熱は何処《どこ》にやら――。
エリザとノエルの女性コンビは、目をグルグルと回して啞然としているようだった。
「ふふふ。私は、第二婦人、第三婦人も許容できますよ」
落ち込んでいる二人に向かって、リリスは意味深な言葉を投げかける。
やれやれ。
俺が平穏な日常を過ごすことができるのは、もう暫《しばら》く先になりそうである。

クロノス外伝

SIDE STORY

伝説の男、その名はブレイド

The reincarnation magician of the inferior eyes.

アースリア魔術学園の卒業生の中で『伝説』と呼ばれる男がいた。

男の名前はブレイド。

幼い頃から彼は周囲と比較して『抜きんでた存在』であった。

在学中は全ての試験で一位を獲得していた。

アースリア魔術学園の長い歴史の中でも、全ての試験で一位を獲得した生徒というのは、彼以外に他はいなかった。

更に、ブレイドが優れていたのは、試験の成績だけには留まらない。

在学中のブレイドは、生徒会長を務めており、他の生徒たちからの人望も厚かったのだ。

彼が卒業後の進路として選んだのは、王都の『騎士部隊』であった。

貴族として生まれた以上、民である弱者を守りたいというのが、彼の信念だった。


「流石《さすが》だ！　ブレイド！」

「キミこそが我が部隊の誇り！　国家にとっての宝だ！」


騎士団に入ったブレイドは、前評判に違わない八面六臂《はちめんろっぴ》の活躍を遂《と》げることになる。

結果として彼は、史上最年少で騎士団長に上り詰めた。

ここまで、彼の人生は順風満帆《じゅんぷうまんぱん》だった。

魔術師として、絵にかいたようなエリートとしての人生を送っていたと言ってよい。

潮目が変わったのはブレイドが、上官に呼び出されたタイミングであった。

「ナンバーズ、ですか……？」

「ああ。とても光栄な話だよ。もしも実現すれば、騎士部隊の中でも史上初めてのことになるだろうね」

「…………」

ナンバーズという言葉には、ブレイドも聞き覚えがあった。

クロノス社が抱える私設の魔術師部隊の中でも、最強の力を持った十二人のことを示す。

その歴史は長く、実に二〇〇年以上にも及ぶとすら言われている。

騎士部隊では対応することができない『高難易度の任務』を専門に請け負っており、民間企業でありながらも、政府から絶大な信頼を受けていたのだ。

「分かりました。その依頼、謹《つつし》んで引き受けましょう」

たとえ環境が変わっても、上手《うま》くやっていける自信はあった。

ブレイドの人生は、常に栄光と共にあったのだ。
この決断が彼の運命を大きく狂わせることになるのだが、当然のことながらブレイドにとっては知る由《よし》もないことであった。

〜〜〜〜〜〜〜〜〜〜〜〜〜〜〜

ブレイドがクロノス社に所属してから二週間が過ぎた。
ナンバー《Ⅻ《ジユウニ》》の地位を与えられたブレイドは、『大規模遠征』という名目で初めての任務を負っていた。

「ここがキノグラス諸島か……。人類にとって未開の地とされる秘境……」

今回の任務の内容は、未開拓エリアに生息する大型魔獣の討伐《とうばつ》であった。
騎士部隊に所属してキャリアを積んだブレイドであるが、大型の魔獣と戦闘をした経験はなかった。
それというのも、ここ二〇〇年の間に大型魔獣は、人類によって討伐され続けて、個体数を減らしていたからだ。

政府の命を受けて魔獣の討伐作戦を進めてきたのが、クロノス社のナンバーズだったのだ。

「…………ッ！」

暫く探索を続けていると、生物の足音が聞こえてくる。

襲ってきたのは、人間よりも遥《はる》かに大きい熊の魔獣であった。

「…………ッ⁉」

その全長は三メートルを超えるだろう。

王都の近辺では、まず遭遇《そうぐう》することのないサイズのモンスターだ。

「怯《ひる》むな。オレはブレイド。伝説と呼ばれた男だ。獣ごときに後れを取るわけにはいかない！」

自らを奮《ふる》い立たせたブレイドは、腰に差した剣を抜いて勇猛《ゆうもう》果敢《かかん》に向かっていく。

「なにっ――！」

だがしかし。

ブレイドの放った渾身《こんしん》の攻撃は、大型の魔獣によって簡単に弾き飛ばされた。

「ガルルル……」

こんなはずではなかった。

幼い頃から鍛錬を積んだブレイドの剣技は、貴族らしい気品に溢《あふ》れていると評判で、常に絶賛されてきたのだ。

「ひいっ……！」

追い詰められることになったブレイドは、地面に腰を下ろしたまま死の恐怖に怯《おび》えることになった。

一体、何故？

どうして、こんなことになってしまったのか？

異変が起きたのは、ブレイドがそんな疑問を抱いていた直後のことであった。

シュパンッ！

水属性の魔術が熊の魔獣を包み込んで、動きを封じ込める。

「おいおい。何をやっているんだ。このオッサン！」

呆《あき》れた声を漏《も》らしながら現れたのは、まだ年若い男であった。

男の名前をブルーノといった。

組織から鬼水蠆《おにやご》の通り名を与えられたナンバー【XI《ジユウイチ》】の男であった。


「標的を排除します」


年若い女の声が聞こえたかと思うと巨大な熊の頭には、一本の矢が突き刺さっていた。

この一撃が致命傷となった。

脳天を貫かれた巨大な魔獣は、地に伏せた。

「情けないにも程があります。貴方《あなた》、それでもナンバーズですか？」

呆れた表情で、ブレイドに声をかける少女の名前はカナリアといった。

最近になってナンバーズに入ったばかりの、十代後半のポニーテール少女であった。

組織から『鷹眼のカナリア』の異名を与えられた彼女のナンバーは【Ⅸ《キュウ》】である。

「キ、キミは……。キミたちは一体……？」

自分よりも一回り年下の魔術師たちが、強力な魔獣を圧倒している攻撃を目《ま》の当たりにして、ブレイドは更なる衝撃を受けた。

「し、信じられん。これほどの魔獣を一撃で……！　これがナンバーズの力というわけか……」

仮に騎士部隊で戦闘になれば、三十人の部隊で戦わなければ、まず勝ち目のない敵であった。

この時、ブレイドは知らなかった。

ブレイドの目からは途方もない天才に見えた二人は、その実、ナンバーズの中では、下位の魔術師だったのだ。

「おい！　カナリア！　撤退《てったい》するぞ！」

「分かっています。ここは逃げた方が賢明のようですね」

戦闘が終わって間もないタイミングで、二人の様子が急変する。

どうして二人が撤退したのか？

ブレイドは、やや遅れて、その理由を理解することになった。


ズサ！

ズサササッ！


突如として、ブレイドの前に現れたのは、体長二〇メートルに迫ろうかという巨大なトカゲのモンスターであった。

魔獣の名前はサラマンダーといった。

たった一匹で、街一つを壊滅に追いやったという逸話を持つ超強力な魔獣である。


「グシャアア」

大きく口を開いたサラマンダーは、獲物を捕食しようと試みる。

どうやら狙いは逃げ遅れた雑魚《じぶん》にあるようだ。

先程の魔獣とは比較にならないほど凶悪なオーラを前にして、ブレイドは身動きを一つ取ることができないでいた。

「よっしゃ！　頂き！」

間一髪《かんいっぱつ》のタイミングでブレイドを救ったのは、金髪の青年である。

男の名前はクイナと言った。

現代魔術師の中では『最強』との呼び声が高い実力者だ。

年若くしてクロノス所属したクイナは、最速でナンバー【Ⅲ《サン》】の地位にまで昇格した天才である。

「よーし！　コイツで三〇匹目だぜ！」

ものの一瞬でサラマンダーを蹴散《けち》らしたクイナは、颯爽《さっそう》と次の獲物を探すために森を駆け抜けていく。

「クイナの旦那《だんな》。相変わらず、化物じみているな」

「私たちも負けていられません。早く次の獲物を見つけましょう」

クイナの戦闘を目の当たりにしていたブルーノ&カナリアがそれに続く。

（な、なんということだ……。誰も私を気にかけていないぞ……！）

その時、ブレイドは、自分が今まで井《い》の中の蛙《かわず》であったことを痛感する。

ブレイドの力が通用したのは、学園の中を除くと、精々騎士部隊の中が精一杯だった。

（ハハハ……。これが『本物の天才』たちの実力というわけか……）

現代魔術師の中においてブレイドの能力は決して低いものではなかった。

だがしかし。

世界各国から最強の魔術師たちを結集させたナンバーズという組織において、その実力は最底辺に位置していたのだ。

この日を境として、ブレイドは完全に自信を失うことになるのだった。


～～～～～～～～～～～～～～～


それから。

ブレイドが『大規模遠征』を経験してから数カ月の時が過ぎた。

それからというものブレイドは、重度のスランプ状態に陥《おちい》っていった。

体調不良を理由に長期の休暇を申請したブレイドは、毎日を自堕落《じだらく》に過ごして、部屋の中に引きこもりがちな日々を送っていた。

長年の習慣であったトレーニングをサボっていた結果だろう。

筋骨隆々とした自慢の肉体は衰えて、貧相にやせ細ることになった。

（オレはもうダメなのかもしれん……。このままでは墜《お》ちていく一方ではないか……）

なんとかして自分を奮《ふる》い立たせようと試みるが、寸前のところで断念をしてしまう。

ブレイドの脳裏《のうり》にフラッシュバックするのは魔獣たちの捕食されそうになる弱い過去（じぶ

ん）であった。

あの時の忌々《いまいま》しい記憶は、ブレイドから全ての気力を奪ってしまうのだ。


「なるほど。キミが噂のブレイドくんか」


その男は誰が呼んだわけでもなく唐突《とうとつ》に現れた。

おそらくロクに鍛錬を積んでいないのだろう。

武人として評価するのならば、その男の印象は『下の下』が良いところであった。

そこにいたのは、長身猫背《ねこぜ》で、寝癖《ねぐせ》のついたボサボサの頭は特徴的な男であった。


「お前は……」


その名前は騎士団に所属していた頃からブレイドの耳に入ることがあった。

若獅子エマーソン。

天才揃いのナンバーズにおいても一際《ひときわ》に異彩を放っている特別な存在だ。

二十代の半ばにして、魔道具の開発分野において他の追随《ついずい》を許さない実績を残している。

既にクロノスという組織は、エマーソンの力なくしては、成り立たないとすらも囁《ささや》かれているキーパーソンだ。
だが、輝かしい功績とは対照的に何かと『悪評』の多い人物であった。
曰《いわ》く、外部に公表できない非人道的な人体実験を繰り返している。
曰く、魔族と組んで新型の魔道具を開発している。
彼を取り巻く荒唐無稽《こうとうむけい》な悪評は後を絶たなかった。

「力が、欲しくはないですか？」

こちらの言葉を待たず、単刀直入にエマーソンは言った。
エマーソンの表情は、まるで真意を読み取ることができないほど不気味なものがあり、ブレイドは、その得体の知れない提案に恐怖することになった。

「訓練中にキミのデータは取らせてもらったよ。残念ながら、全ての数値が凡庸《ぼんよう》と言わざるを得ないね。このままいくとキミは、任務中に犬死にするか、組織を追放されることになるだろう。いつまでも無能を飼い殺しておけるほど、組織《ウチ》も甘くはないだろうね」

エマーソンの言葉は正論である。

コンディションの不良を理由に現在は任務を断ってはいるものの、いつまでも休暇を取れるわけではないだろう。

「つまり、何が言いたい？」

「ボクと組んで一発逆転を目指そうよ。ちょうど実験台が欲しかったんだ。キミのように健康で頑丈な成人した男の肉体のね」

まるで悪気が感じられない軽やかな口調でエマーソンは続ける。

「一個の『凡人』が何処《どこ》まで『怪物』に近づくことができるのか。実に興味深い研究テーマじゃないか」

「…………」

少し前までのブレイドであれば、この提案を即座に断っていたのだろう。

悪名高いエマーソンの言葉に乗るのは、ブレイドの中の『正義』に反することだ。

だがしかし。

今のブレイドは、藁《わら》にも縋《すが》りたい心情だったのだ。

この人を人と思わない悪魔の力さえあれば、現状を打破することも不可能ではないのかもしれない。

「分かった。そちらの要求を呑《の》もう。オレは何をすればいい……？」

騎士の誇りを捨てて、悪魔と契約した瞬間だった。

奇《く》しくも、この日を境にしてブレイドの人生は好転する。

エマーソンの勧めにより、過酷《かこく》なトレーニングとドーピングを実施したブレイドは、組織の中でメキメキと頭角を現していく。

もともと正義感が強く、勤勉だったブレイドは、猛スピードで功績を積み上げていくのだった。

与えられた数字もナンバー《Ⅻ《ジユウニ》》からナンバー《Ⅳ《ヨン》》にまで昇格して、かつての自尊心を取り戻すことに成功していた。

〜〜〜〜〜〜〜〜〜〜〜〜〜〜〜〜

新しく開発したヒーロースーツを装着した彼は、意気揚々《ようよう》と任務に出かけていた。

任務の内容は、ブレイドの心を躍らせるものであった。

敵は魔族だ。

それも事前に伝え聞いていた情報によると、未だかつてないほど強力な個体であるらしい。

どうやらクイナの部隊は、苦戦中のようだ。

この任務を達成すれば、更なる出世を遂《と》げることができるかもしれない。

入隊当初は途方もなく見えていた天才の背中が、目前にまで迫っているように感じた。

「エマージェンシー。魔族の気配を補足。標的までの最短ルートを表示します」

ブレイドの横で索敵の魔術を発動する魔術師をロボ子という。

エマーソンが開発した人型のロボット、ということ以外に詳細な情報は明らかにされていない。

組織からナンバーⅧ《ハチ》の数字を与えられた謎めいた存在であった。

「むっ……。あそこか……？」

ロボ子の指示に従って探索を続けていると、目的の魔族と思《おぼ》しき生物を発見する。

どうやら魔族は、執拗《しつよう》に一人の学生を追いかけているようだった。

懐かしい制服だ。

見たところによると、母校であるアースリア魔術学園の生徒が魔族に襲われているようである。


「もう大丈夫だぞ！　少年！　ワタシが来た！」


颯爽《さっそう》と駆け付けたブレイドは、少年の前に立ち、両手を広げて、決めポーズを取る。

力を持ち、正義を体現する。

ブレイドの理想とする『自分』の姿がそこにあった。

その後、ブレイドは敵魔族であるジークにノックアウトされて、再び自信を失うことになる。

アベルは突如として現れた『彼』のストーリーを知らずにいたのだった。

あとがき

柑橘《かんきつ》ゆすらです。

おかげさまで7巻を出すことができました。

前の巻で告知した通り、今巻が最終巻となります。

完結というとネガティブに捉えられてしまうかもしれませんが、決して売上げが不振というわけではなく、おかげ様で劣等眼シリーズの売上げは絶好調です。

小説6巻の発売日の告知では、90万部という発表だった本シリーズですが、小説7巻の発売タイミングでは2倍以上になっていました。

未だかつて経験したことのない倍率です。

ただ、劣等眼シリーズの売上げの9割くらいは、コミック関連になります。

小説版は何処《どこ》かで完結を考えるタイミングでした。

編集さんからは「7巻で終わりではなく、もう一冊くらい出しても良いですよ」と言われていたので当初は、7巻を上巻と下巻で分けて出版する予定でした。

ですが、完成した原稿を読み返して、上巻と下巻で分けるのは、読み味が悪すぎるなぁ、と考えて、分厚い一冊の本で完結させることにした。

過去編と現代編が交錯《こうさく》する構成上、この形が最善だったと思っています。

本編の方には、書き残したことはないのですが、欲を言うと過去編の方はもうちょっと書きたかったなぁ、とは思います。

アベルの過去編は、個人的には、傑作《けっさく》だと考えていたのですが、読者受けの方は、あまり芳《かんば》しくないようでした。

丸ごと一冊、過去編を書いた4・5巻以降は、小説版の売れ行きが少し悪くなって、焦った記憶があります。

作者の評価と読者の評価は、必ずしも一致するわけでないというパターンでした。

ただ、個人的には、過去編はコミックも含めて、大満足のクオリティーだったので、まったく後悔《こうかい》はしていません。

小説1巻の発売日である2018年から、実に5年以上も続いた劣等眼シリーズですが、恵まれたスタッフに囲まれて、とても幸せな形で物語を締めくくることができたと自負しています。

（宣伝）

小説版が完結したタイミングで恐縮なのですが、劣等眼のウェブトゥーン化が決定しました。

現在、ＤＭＭブックス等で好評連載中です。

ウェブトゥーンとは何かというと、スマートフォンで読める縦読みのフルカラーの漫画になります。

こちらは、僕の知っている限りでいっても十人を越えるメンバーがかかわっている豪華企画になっています。

実質、アニメ化といっても過言ではない超絶ハイクオリティーです。

是非是非《ぜひぜひ》、応援して頂ければと思います。

最後になりますが、今日までシリーズを続けることができたのは、支えて下さった読者のおかげです。

本当にありがとうございました。

また、別のシリーズで会うことがありましたら、その時はよろしくお願いします。

柑橘ゆすら

この作品の感想をお寄せください。

あて先　〒101-8050　東京都千代田区一ツ橋2-5-10
集英社　ダッシュエックス文庫編集部　気付
柑橘ゆすら先生　ミユキルリア先生

ダッシュエックス文庫

劣等眼の転生魔術師7
～虐げられた元勇者は未来の世界を余裕で生き抜く～

柑橘ゆすら

2023年8月30日　第1刷発行

★定価はカバーに表示してあります

発行者　瓶子吉久
発行所　株式会社　集英社
〒101−8050　東京都千代田区一ツ橋2−5−10
03(3230)6229(編集)
03(3230)6393(販売／書店専用) 03(3230)6080(読者係)
印刷所　株式会社美松堂／中央精版印刷株式会社

ISBN978-4-08-631513-5 C0193

大好評発売中！
原作 柑橘ゆすら
漫画 長月郁
ヤングジャンプコミックス
週刊ヤングジャンプにて
大好評連載中！
原作 柑橘ゆすら
漫画 長月郁
1
王立魔法学園の最下生

超規格外の
完全無双
学園ファンタジー!!
コミックス1～10巻
王立魔法学園の最下生
～貧困街《スラム》上がりの最強魔法師、貴族だらけの学園で無双する～

STORY

生まれ持った眼の色によって能力が決められる世界で、圧倒的な力を持った天才魔術師がいた。

男の名前はアベル。強力すぎる能力ゆえ、仲間たちにすらうとまれたアベルは、理想の世界を求めて、遥か未来に魂を転生させる。

しかし､未来の世界では何故かアベルの持つ至高の目が『劣等眼』と呼ばれ､バカにされるようになっていた！　ボンボン貴族に絡まれ、謂れのない差別を受けるアベル。だが、文明の発達により魔術師の能力が著しく衰えた未来の世界では、アベルの持つ『琥珀眼』は人間の理解を超える超規格外の力を秘めていた！

過去からやってきた最強の英雄は、自由気ままに未来の魔術師たちの常識をぶち壊していく！

異世界で無双する!!
シリーズ累計
100万部
突破!!